麦田
阳光

美 丽 乡 村 助 读 书 系

乡村助读，让中国的乡村
从风景到精神愈加美丽。

麦田阳光

美丽乡村助读书系

乡村助读，让中国的乡村
从风景到精神愈加美丽。

与鸵鸟对视

YU TUONIAO DUISHI

高洪波 顾问　陈彦玲 主编

高洪波　著

山西出版传媒集团　山西教育出版社

图书在版编目（CIP）数据

与鸵鸟对视 / 高洪波著. — 太原 ：山西教育出版社，2021.6（2022.7 重印）

（“阳光麦田”系列 / 陈彦玲主编）

ISBN 978-7-5703-1433-1

Ⅰ. ①与… Ⅱ. ①高… Ⅲ. ①中国文学—当代文学—作品综合集 Ⅳ. ①I217.2

中国版本图书馆 CIP 数据核字（2021）第 009674 号

与鸵鸟对视

YU TUONIAO DUISHI

出 版 人 李 飞
选题策划 李梦燕
责任编辑 朱 旭
复 审 海晓丽
终 审 康 健
装帧设计 王春声 薛 菲
印装监制 蔡 洁

出版发行 山西出版传媒集团 · 山西教育出版社
（太原市水西门街馒头巷 7 号 电话：0351-4729801 邮编：030002）
印 装 山西基因包装印刷科技股份有限公司

开 本 890×1240 1/32
印 张 5.5
字 数 84 千字
版 次 2021 年 6 月第 1 版 2022 年 7 月山西第 8 次印刷
书 号 ISBN 978-7-5703-1433-1
定 价 25.00 元

根植乡野，眺望远方（代序）

李东华

把“美丽乡村助读书系”做成精品，为新时代新乡村新少年的成长助力，这个美好心愿，把出版者、策划人、作家、编辑聚集在一起，大家郑重其事地播下种子，然后怀着庄重而又快乐的心情，等待所有努力慢慢发芽。

我曾经有幸数次参加“我的书屋我的梦”乡村少年儿童阅读实践活动征文的评审工作，印象最深的就是2019年。面对从海量征文中初选出的近千篇作品，我油然而生一种“一夜好风吹，新花一万枝”的惊艳感。按照评委会要求，终评委们需要优中选优，再从中挑出几十篇最终获奖文章，这可让我犯了选择困难症，因为每一篇都像枝头迎着东风初绽的花朵，各有各的姿态，各有各的鲜妍，共同构成了蓬勃的春天，哪一朵都可爱得叫人不忍心舍弃。

但我想，我的这种“纠结”是一种喜滋滋的纠结——让人一下子就能感觉到，无论大江南北，全国各地乡村的孩子们，并不是仅仅某一地因为水土适宜而长势良好，而是齐刷刷地在拔节成长。这算是从空间这个维度的横向比较。再沿着时间轴纵向来看，我们可以清晰地感受到这几年的征文质量一年比一年高。从这些或长或短的文章中可以看出，孩子们的阅读内容越来越丰富了，小说、童话、诗歌，科幻、军事、历史、天文、地理……不同体裁不同领域，不论古今中外，凡属人类留下的智慧结晶，都在他们尚属稚嫩却又充满好奇的目光之内，都留下了他们求知和探索的小小脚印。

我想，也正是因为阅读的广博，让他们不管是生长于哪片偏僻的乡野，都能够从浩瀚的书海中汲取无穷无尽的滋养，获得世界性的视野。你能够从字里行间捕捉到一种“初生牛犊不怕虎”的淋漓元气，一种与周围世界、与他人、与自我对话时落落大方的自信表情，一种对祖国、对人类、对万事万物的真挚的爱。而这一切的呈现，又依赖于他们对于语言文字的日渐流畅的、自如的运用。

俗话说“熟读唐诗三百首，不会写诗也会吟”，阅读对于一个人写作能力的反哺，是这些征文给予我的第一个鲜明印象。

那些已初步呈现出汉语言之美的遣词造句，那些灵动的、智慧的表达，那些对于生活细节的敏锐、精准的描摹，那些既充满孩子气又闪耀着思想光芒的惊人之语，都无不让人生发“后生可畏”的赞叹。

所以说，尽管摆在眼前的是一篇篇无言的征文，却分明让人看到了征文背后所站立的那一个个活泼泼的、天真烂漫的孩子，看到了新时代乡村少年儿童因阅读的积累而敢于讲述的不一样的“中国故事”。

对于孩子和国家、民族的关系，已经有很多精辟的认识和论述。“孩子是祖国的花朵”，“孩子是民族的未来”，“少年强则中国强”。然而，如果希望孩子们能撑起国家的明天，他们首先要撑起自己的明天，而阅读则是他们撬动未来命运的支点。“忠厚传家久，诗书继世长”，这是在中国乡间最常见的对联，一代又一代的人家将它贴在大门上，可见在我们民族的潜意识中，书籍和人品是支撑一个国、一个家千秋万代延续下去的两根最坚实的立柱。将这样的对联贴在家门上，贴在最显眼的地方，就是在每时每刻提醒每一个人。我想这是一个有着五千年璀璨文明的民族最智慧的共识。而要把这一共识真正落到实处，最需要着力的地方就是乡村了。

相比于有父母督促而阅读环境更优越的都市孩子来说，乡村孩子的阅读可能更需要政府、社会的引领，尤其是数千万父母不在身边的留守儿童，阅读既是他们获取知识的有效途径，更是滋养他们心灵的精神引领。

我常常想，一个人需要有自己的书柜，一个家庭需要有自己的书房，一个城市需要有自己的公共图书馆，那么一个乡村，当然更需要有自己的书屋。

阅读“‘阳光麦田’美丽乡村助读书系”这套小书，对孩子们来说，能够得到的是思想和精神上潜移默化的熏陶和滋养。而持续地写作、出版一些适合乡村孩子阅读的好书，让这些书在助力乡村少年儿童阅读方面发挥作用，无疑是功在当代，利在千秋的事业——我们不妨来个小小的假设，全国有六十多万个乡村，假设每个乡村书屋中的书籍，能够像投入湖心的石子，哪怕只在十个孩子的心中荡起涟漪，那么全国就会有六百多万个乡村孩子从阅读中受益。

美丽乡村既要实现生态意义上的“绿水青山”，也要构建精神层面的“绿水青山”，从这个意义上讲，用优质图书和阅读协助、帮助、辅助乡村阅读，繁荣乡村文化，是建设美丽乡村的有效路径。

面对这些适合乡村少年儿童阅读的文字，我似乎可以看到，未来的他们，因今天的阅读引领而描绘出自己的梦和憧憬。

这些梦，将根植于他们生活的山乡旷野，更将呼应着远方的星辰大海。

目录

诗歌

童话

散文

麦田阳光

诗歌

SHIGE

天山上的那片白桦林

我思念天山
思念天山上的蓝天白云
那池碧蓝如洗的吉祥水
和亭亭玉立着的白桦林

白桦林手挽着手
白桦林心贴着心
树干上一双双大睁着的眼睛
望穿秋水望穿岁月
望穿一棵树的草木一生

有白桦林装饰的天山

华贵气质中显示一分宁静

天山的白桦林

梦中的栖息地

故乡的比喻

故乡是条长长的带子
一头缚在奶奶的胸前
一头系在我的后背。
这带子垂下来
垂成蜿蜒的小河
柳丝是乡情的璎珞。

从奶奶的背上望世界
这世界很有趣很辽阔。
真想跳下去跑一跑
可是长带子不许可！

故乡的长带子

奶奶的长带子

你怕一旦放开我

会永远失去我吗？

初听乡音

淳朴而又浊重的乡音，
震响在我的耳畔。

乡音好美，乡音好甜，
乡音中溅辽河水花，
乡音中飘草原炊烟。

乡音好脆，乡音好香，
乡音中有甜瓜味儿，
乡音中有玉米鲜。

乡音一入耳，
乱花迷人眼。
不知道舌头打卷，
不知道巧舌善辩，
不知道唇枪舌剑，
只知话儿一出口，
任你驾上三套马车，
天边也难追赶！

淳朴而又浊重的乡音，
震响在我的耳畔……

黎明，我在草原奔驰

黎明，我在草原奔驰。
我的胯下不是骏马，
是一辆黄浦江畔
飞来的“凤凰”。

凤凰很轻便，
草原很宽广。
太阳还在酣睡，
曙色，被犬吠吓住了，
迟迟不敢起床。

蒙古包在草原
散落成繁星的布局；
农舍用炊烟
驱赶着睡眼迷茫。
路旁的钻天杨，
痴情地期待着
第一缕男性的阳光。

一切都很静谧
整个草原，梦一般安详。
只有我的车轮
和沙粒们匆匆交谈。
它们的话题
很长很长……
我在草原上奔驰，
骑一辆钢铁凤凰，
没有人迎面走来，

打一声快乐的呼哨；
没有马群驰过，
没有鸟儿飞翔；
一个身影掠过草地
渐渐拖曳、拉长。

凝固的是时间，
还是我的思想？
不知确切的答案，
只知道，我的故乡
科尔沁草原托着我
向着明亮的远方。

故乡的孩子

科尔沁草原很辽阔
当儿童乐园
最合适

烈马和大车
是你的玩具
让城市的孩子
羡慕极了的玩具
也是你的工具
向生活索取营养的工具

马鞭子拎在手里
你抽了大地一鞭
于是在马蹄声中
驮走了童年

你遛马时
马也遛着你
故乡的孩子
好胜　黝黑　俊美
哪一个都是
好小嘎子

科尔沁，科尔沁

科尔沁，科尔沁
我的故乡我的根
美丽的草原如诗如画
草原上放牧着白云般的羊群

科尔沁，科尔沁
我的思念我的心
远离草原的儿子啊
梦中也骑着骏马飞奔

科尔沁，科尔沁
我的童年我的亲人
京城一住四十载
仍然最喜欢听乡音

科尔沁的乡音浓
科尔沁的乡音醇
醇浓的乡音赛美酒呵
乡音捎来了科尔沁

春的书签

我在粉红的桃树下，
拾起几片花瓣。
红红的桃花冲我笑，
笑我美丽的衣衫。

在嫩黄的金雀花下，
我拾起几片花瓣。
朵朵小花张开翅膀，
飞落在我的心田。

我在雪白的玉兰树下，
拾起几片花瓣。
大朵大朵的玉兰花呀，
像扇来春风的小扇。

我用蓝色的小手绢，
包起这春天的花瓣。
捎给生我养我的妈妈，
当作香喷喷的书签……

秋天来了

秋天来了，
秋天来了。

乘着凉爽的风来了，
骑着洁白的云来了，
踩着落叶走来了，
唱着秋歌飞来了。

秋天捧着一个宝瓶，
把五彩缤纷向下倾倒——

金黄泼向田野，
蔚蓝洒向波涛，
火红涂给高粱，
姹紫染上葡萄。

美丽的大自然，
响彻丰收的欢笑。
我看到一队队的叶子，
在秋风里快乐地舞蹈。

她们讲述着自己的故事，
每一个都无比美妙。
我在草坪上打盹时，
把她们的秘密无意中听到
……

小草，你好

整整一个冬天
我没有见到小草。
陪伴我的是一盆水仙，
那么漂亮，那么骄傲！
送我的绿色和香气
却太少太少！

今天，在公园
我又见到你——小草！
你刚刚从土里

伸出小小的手臂，
就向阳光和小鸟
兴冲冲地致敬，问好！
又悄悄地为大地
披一件绒绒的绿袍。

小草，我真想听听，
你们冬天里的牢骚！
在落雪的日子里
你们是不是——
也患了伤风感冒？
让妈妈抱到医院
去打针、吃药？
在刮风的日子里
你们是不是——
也躲进小屋子
静静地翻着

一堆乏味的画报？

如果我是一只小蚂蚁，

该有多么好！

我会靠着小草

在暖暖的春风中

睡上一觉。

然后，在小草的大森林

使劲地奔跑！

小草，你好。

你好，小草！

我思念一只小鸟

春天里我思念一只小鸟，
思念它圆圆的眼睛，
呢喃的鸣叫　还有
柔软如丝绵般的羽毛。

我在白杨树下见到小鸟，
它躲闪着害怕着
小小的翅膀扇动着
鸟巢却很高很高。

一只流浪的小鸟，
就这样落入我的掌心。
它的小心脏扑通通地跳着
像鼓槌击打着我的心灵。

春天里我们对视，
一个男孩和一只雏鸟，
这种对视可能是第一次，
也可能发生在一万年前!
我捧住小鸟，轻轻放飞，
小鸟笨拙小鸟沉重，
翅膀托住稀薄的空气，
一下一下一下
飞向蓝色的天际。

我的思念随小鸟飞翔。
此刻，又一个春天来临

我的掌心发热　感觉到
一枚心脏的击打和震撼，
我向天空挥动手臂，
一声清亮的鸟啼从云端
飘落下来　于是
我拥有了春天的欣喜……

秋声与秋色

秋　声

粘在冰糖葫芦上
冬天的声音酸甜，
冻进可口的冰棍中
夏天的声音冰凉。
春天的声音悦耳
——被小燕子衔来衔去，
秋天的声音呢？
让大雁们的翅膀驮着
一扇一扇地
运往温暖的南方去了……

秋　色

冬天的颜色属于白雪
夏天的颜色涂满绿叶
柳絮和小草们
占领了春天的鹅黄嫩绿
秋天的颜色一变
火红的高粱、金黄的稻米
雪白的棉花、碧绿的莲蓬
于是，胸有秋色的画家
笔下便拥有了四季……

四季风

夏天的风很轻
它踏在荷叶上
连露珠都没碰落

秋天的风很重
它站在高粱上
把田野都压红了

冬天的风很硬
它刚踩上小河

小河就结了冰

春天的风很软
刚一碰到柳枝
柳絮就满天飞了

绿版纳

这块土地真美丽，
绿色的山，绿色的水，
绿色的云，绿色的雨，
绿色的阳光绿色的歌
微风中吹来柔软的绿。

这块土地真神奇，
绿色的树，绿色的林，
绿色的坝子，绿色的米，
绿色的种群绿色的心

酒杯中斟满香甜的绿。

一滴绿，一片绿
撒向云边和天际。
一声绿，一团绿
西双版纳翠欲滴。
绿色满眼好望远，
绿入肺腑任呼吸！
深绿浅绿无穷绿呵，
绿到画师难提笔。

采片绿叶回家乡，
胸中永远荡春意。

枫叶吟

春天，我们是绿的
绿得像孩子们那一组
跳动的幻想和希望；
秋天，我们变红了
红得像燃烧的火炬
把山野照亮。

一张张枫叶
像秋天的请帖
发给大雁、谷垛和池塘，

又像冬天的邮票
寄给雪人、梅花和溜冰场。
记住，当我们漫山红遍时
快准备冬天的衣裳。

会写字的梧桐叶

传说中神奇的梧桐树
能招来百鸟之王金凤凰
因此在人们心中
梧桐树的名声最响

可是一枚枚梧桐叶
最像听话的小姑娘——
只要秋风一声呼唤
就乖乖地跳到地上

这时的大森林里

显得忙碌又紧张——

刺猬铺好冬眠的床

松鼠备足过冬的粮

“一叶知秋”四个字

是梧桐叶们写下的广告文章

……

小伙伴

我家的房子虽然很小，
爸爸却为我抱回一只小猫。
他说小猫和小孩，
是一切欢乐的原料。

它是我的猫弟弟，
我们在一起玩得真好！
我睡觉，它钻进被窝，
我洗脚，它陪我洗脚。

我用积木搭起城堡，
小猫充当攻城的强盗。
城堡一次次垒起，
强盗一次次冲倒。

当小猫举起爪子投降，
我们又一起看画报。
我的兴趣很高很高，
它的耐心很少很少。

玩累了的时候，
我们跑到阳台上，
让太阳公公的手指，
搔我的头发，梳它的毛。

生活里有一只小猫，
那滋味儿真叫奇妙！

它能让你的童年，

充满五彩的色调。

海浪·阳光·沙滩

大海啊，大海，
像一个快乐的大汉。
整天挥动着浪的巴掌，
拍平夯实了沙滩。
（要让我们的小脚丫
踩上去不再下陷。）

然后她笑啊笑啊笑
笑得浪花飞溅！

太阳啊，太阳，
为了弹软沙滩，
像一个勤快的阿姨
整天拿起阳光的弓弦。
（要让我们的小脚丫
踩上去像踏上海绵。）

然后她笑啊笑啊笑
笑得阳光灿烂！

大海和太阳的好意，
我们都记在心间。
不过最难忘却的
是那平坦的沙滩。

睡莲

夏天跳进了森林里的小湖，
溅开的笑声在水波上潋滟，
然后她掰开一朵朵花蕾，
用彩笔任意涂抹渲染。

水蓼戴起了淡绿色的花冠，
菱角花闪动着月白色的笑靥，
水葵溢出淡淡的清香，
小湖像一座水上花园。

湖里的小朋友们快活极了，
虾子跳绳儿，鲤鱼钻圈儿，
在水草的腋下拱来钻去，
痒得她们一个劲把腰弯。

奇怪的是那位有名的香莲，
却紧紧闭着秀丽的眼帘，
小鲤鱼冒失地撞飞她的梦，
邀请她和大伙一起狂欢。

香莲鄙夷地打个哈欠：
“去，现在的一切使人讨厌，
睡眠充实了我的生活，
谁乐意去为别人打扮?!”

于是，香莲又沉沉睡去，
从此她再不能开放在夏天，

而且背上个懒洋洋的名字，

人们都叫她——睡莲……

顽皮的风

从光滑的芭蕉叶上
溜下来顽皮的风。
悄悄地来到
我们的竹楼中。
哈，她想看一看，
还想听一听。

可是，这加、减、乘、除，
你一点儿也不懂。
你可不像我们

是傣家的好学生!

先给你一串笑声

捎到绿色的草坪,

等我们做完了功课

再去把你追踪……

金鱼

红帽子，像燃烧的火焰，
墨龙睛，像黝黑的木炭。
火焰和木炭落进水里，
变成游动的花瓣。

金鱼在鱼缸里散步，
吐着气泡，无比悠闲。
我请它们挪到纸上，
它们却摇头摆尾
不肯游进我的笔尖！

我生气地扔掉了蜡笔，
命令金鱼们“立正”，
别再惹我心烦！
金鱼却偏偏“向后转”，
一点也不听从我的调遣。

也许，鱼儿在水里
就像小鸟在蓝天。
小朋友们在公园，
谁也不乐意“立正”站着，
除非他是傻瓜蛋。

我又拾起了蜡笔，
谁叫金鱼那么逗人喜欢。

小野兔

清早，我到山上割草，
突然一只野兔从草里跳出。
它惊慌地竖起耳朵，
又害怕地转动眼珠。
小野兔，你别害怕，
请你到我家去落户。

在我家宽敞的院里，
有一群安哥拉长毛兔。
它们欢欢乐乐，

它们和和睦睦。
对于乡下孩子来说，
更像是童话的宝库。

我背上了新书包，
穿起了新衣服，
到书店里转一圈，
抱回一摞好看的图书。
这都是长毛兔们
对我慷慨的帮助。

小野兔，小野兔，
你心里不必打鼓。
跟我回家走走，
你一定乐得跳舞。
农村的日子好过了，
真的，我在前面领路！

草叶上的歌

大森林里有块草坪，
一块绿茸茸的草坪，
一块亮晶晶的草坪，
一块笑吟吟的草坪。

当春雨们淅淅沥沥，
拥挤着跳下云层，
沉思了一冬的大森林，
睁开了秀丽的眼睛，
——多美啊，绿茸茸的草坪，
溢出春光的一只瞳孔。

当清凉如水的微风，
梳洗着金色的黎明，
草叶上酣睡的露珠们，
快乐地探身相迎。
——多好啊，亮晶晶的草坪，
映照春色的一面明镜。

当木瓜坠地，蚱蜢腾空，
蟋蟀们发出揶揄的笑声。
蝴蝶和蜜蜂醉入花丛，
草尖上蜻蜓舞步轻盈。
——多甜啊，笑吟吟的草坪，
大森林面颊上深情的酒坑。

大森林里有块草坪，
一片温馨的和平，

一团悦动的安宁，

一朵绿色的云影。

——带着奶浆味的草香，

飘进我童年的梦中。

柳叶的悄悄话

蝉说柳叶的衣裳，
靠春风的剪刀帮忙；
蝴蝶说柳叶的模样，
是燕子用尾巴化妆。

不，是柳叶们自己，
对快乐春天的向往，
才愿意牵着暖融融的风，
在阳光下悠悠荡荡。
让调皮的红蜻蜓

在柳尖上歇歇翅膀；
请说大话的蝉
在柳荫里大声歌唱。

当然，秋风请我们跳舞，
我们的心无比欢畅。
没有柳叶装饰的城市
就像一座无水的池塘……

白鹭啊，白鹭

黎明，我从哨所走出，
突然停住了脚步——
昨天碧绿的大青树，
怎么披上了白色的衣服？

难道是一夜大雪，
染白了这棵大树？
我悄悄伸出手掌，
又不见雪花飞舞？

猛然响起鸟叫，
飞腾起一团白雾！
白雾飘上天空，
大青树恢复了本来面目。

哈，原来是一群白鹭，
昨夜在树上住宿。
白鹭啊，白鹭，
你们要飞向何处？

哨所里走出一位叔叔，
把白鹭的秘密透露：
“它们到水田里吃饭，
然后在绿地毯上散步。

“每天晚上要飞回哨所，
在大青树上静静睡熟。

树叶遮雨，树杈搭窝，
大树是白鹭最好的保姆。”

听了叔叔的赞扬，
我的话脱口而出：
“不，白鹭真正的保姆，
是哨所的边防军叔叔。”

晨

榛树、山茱萸、黑刺李，
和黎明在窃窃私语；
枫树、橡树、山毛榉，
用露珠交换着闪亮的秘密。

凤尾草、野豌豆、紫茉莉，
懒洋洋地伸展了身躯；
金合欢倚着常青藤的手臂，
召唤着姗姗来迟的晨曦。

晨曦像一缕柔曼的金线，
穿起了声声莺歌鸟语；
从草叶上溜过顽皮的风，
抛掷着夜来香的气息。

不知是松鼠还是小鸟，
碰落了一颗大粒的露滴。
露珠从松针上轻快地滑下，
帮一只大蚂蚁洗了一次“淋浴”。

森林的早晨真美啊，
勃勃的朝气在充盈流溢。
让每个生命都合着黎明的脚步，
纵情歌唱这甜润的晨曲……

在文学的殿堂（组诗）

孩子和诗

我和孩子谈诗，
她的眼睛
紫葡萄般放光，
笑声，泻出她的
漏风的牙齿。
于是，我知道了
孩子们爱诗！

是的，春雨是湿的
露珠是湿的
大森林的故事也是诗的；
牛奶是湿的
汽水是湿的
奶奶的童话也是诗的。

孩子和诗的感情
就这样奇妙地交织。
诗，注入她的血液，
让金色的童年
充盈着天真和机智……

孩子和寓言

伊索了不起，
拉·封丹更棒，

克雷洛夫很聪明，
寓言，把他们的名声播扬。

刻舟求剑的汉子太傻，
守株待兔的农夫荒唐，
懂得亡羊补牢的人，
也懂得珍惜时光。

寓言短得无法再短，
寓言又长得不能再长。
有数不清蹦蹦跳跳的哲理，
笑眯眯在里面躲藏。

寓言，是阿里巴巴的山洞，
走进去，便能得到智慧的宝藏，
寓言又是美味的糖葫芦，
一串又一串，越吃越香……

孩子和童话

文学殿堂很高很大，
可天生属于孩子的
只有童话。

写童话的叔叔
个头永远长不大；
写童话的爷爷
永远没有白头发；
写童话的奶奶呢，
哪怕是老奶奶，
一定比小孙子
还要顽皮狡猾。

谁要想长生不老，
写一篇童话吧。
一篇快乐的童话，
赛过五斤“唐僧肉”
而且不必担惊受怕。

真的，我愿把这个秘密
透露给每一位作家。

孩子和小说

小说一点儿也不小，
相反，它无所不包！
像如来佛的手掌心，
不，如来佛也跳不出
小说的怀抱！

孙悟空和二郎神
在里面打得热闹；
武松和鲁智深
在书里立马横刀；

张飞、岳飞、萧飞
能让你看得流泪跺脚；
牛虻和堂吉诃德
逗得你想哭又想笑！
小说是魔幻世界，
走进去，再别想脱逃。

当然，有的坏小说
也能把你拉入圈套，
你会变得冷酷、自私，
你会显得放荡、无聊。
不知它们的作者

是不是把自己的孩子
无意中忘掉，
还是他们憎恶一切，
只喜欢自己
沉甸甸的钱包?!

朋友，谁的语文好，
谁才能和小说
打交道!
当然，爱小说的孩子
靠一本《新华字典》当燃料，
也能煮一顿
囫囵吞枣……

绿柏枝和红珊瑚

绿柏枝和红珊瑚，
好像出生在同一个家族。
她们那鹿角般的身躯
引发我无尽的关注。

我想，大海里的红珊瑚，
一定是海龟和小鱼们的柏树；
它们在树叶间游来游去，
就像在公园里散步！
我想，公园里的绿柏树，
分明是蜻蜓和小鸟们的珊瑚，

它们在蓝天飞累的时候，
就倚在珊瑚上歇足。

绿色的柏枝，红色的珊瑚，
都是大自然珍贵的礼物。
请热爱每一片树叶吧！
一片树叶，一座知识的宝库。

用心灵去感觉，
用头脑去领悟。
当我们一天天快乐成长
也会一天天充盈和富足……

棕叶的理想

我们总是向天空
伸出绿色的手掌——
接甜丝丝的春雨
接暖洋洋的日光
接白云们的身影
接鸟儿们的歌唱
然后，变成一把芭蕉扇
为人们在夏季里
扇走湿漉漉的闷热
招来笑眯眯的清爽

是的，我们永远伸出的手
不是为了索取而是为了报偿
报偿大地妈妈深情的抚养

我们的手直到今天
还在向蓝天伸着
伸向未来的远方

顽强

顽皮、顽劣、顽强，
在字面上
有一半相同的地方。

然而顽强对于我，
像水对于氧，
火对于钢，
像雨水对于春笋，
顽强，是我成长的“秘方”。

一次乒乓球赛

顽强与顽强的较量，
一次围棋决战
顽强与顽强的对抗，
植树造林和卫生宣传
更需要笑嘻嘻的顽强，
只要你握住
顽强伸出的手掌，
便揪住了胜利的鬃毛，
也攥住了希望的翅膀。

我知道，我还缺少
男子汉的顽强，
可我坚信，顽强
像我的生日一样，
一年又一年的

增大、增多、增强，

直到我变成一块

响当当的纯钢。

淳朴

是一片白净的草原，
鲜花簇簇，蝶飞鸟喧；
一条小路曲曲弯弯
伸向心灵的悠远。

淳朴的性格多宽广
赛过这一片草原。

是一条清清的小溪，
溪畔绿草芊芊，
小鱼儿咬着浪花
甩出了涟漪串串。

淳朴的性格多坦荡，
赛过这小溪的撒欢。

淳朴有璞玉的气质
淳朴有泥土的特点，
它在你少年时光
格外引人眷恋。
未被尘世的污秽浸染
没被当成商品交换。

像爱护眼睛一样
珍藏起淳朴的情感，
你拥有一个崭新的世界，
你将获得真诚的温暖。

这可不是我的发现：
信不信随你，我的伙伴！

麦田阳光

童话

TONGHUA

鱼灯

一

红尾是镜泊湖里一条不起眼的小鱼。

镜泊湖很大很平，镜泊湖很清很绿。它真的像仙女遗落在人间的一面镜子；又像是森林和群山藏起来的一粒硕大的珍珠，成天笑眯眯地拥抱着太阳，又摇荡着月亮。当它被微风吹起涟漪时，湖面就变成了万顷绿绸。于是，阳光啊，小鸟啊，绿树的倒影啊，白云的衣襟啊，全让这一大块绿绸给包得严严实实。然后风一停，镜泊湖一乐，把刚才藏起的宝贝又一股脑儿地放出来，这时候，就该我们的红尾忙活了。

红尾忙什么？搜集阳光。

红尾用什么搜集阳光？用尾巴。

红尾红尾，尾巴自然与众不同，起码与鳌花的尾巴不一样。鳌花的尾巴是花的，又大又漂亮，在镜泊湖的绿水里一摆动，美极了。怎么说呢？反正每条叫鳌花的鱼，尾巴总是有事没事来回摆，不该摆的时候也摆，就像城里爱打扮的小姑娘。

红尾的尾巴摆得要恰如其分得多，没有必要摆的时候绝不乱摆。红尾在水里游动时，很悠闲。一旦它们摆起尾巴，那准是在集合开会，讨论如何采集阳光的重大问题。

我们的主人公红尾，是镜泊湖红尾家族中的小弟弟。镜泊湖里每条红尾都可以叫红尾，不但它们自己叫，人们也这样叫。不过我们的这条红尾比较有趣，它后来经历了一段亮晶晶的生活，成为镜泊湖里见过最大世面的一条红尾，因此我们索性用红尾来称呼它好了。记住这一点很有必要。

小红尾最近很苦恼，它几乎已经没心情去水面上吹泡泡了，而吹泡泡是每条小鱼干得最认真的一件事。小红尾的苦恼是因为自己的尾巴，它的尾巴扁扁的，薄薄的，还有几分透明，中间凹成一个月牙儿形，在湖水里一摆动，就会搅起一个小小的水花。

这朵水花会沾在水草上，变成白色的泡沫，然后在阳光下闪烁着，慢慢消失在绿水里。小红尾摆尾巴时，它的眼睛努力斜过去，尾巴弯过来，弯成一个括弧，然后又弹回去，小红尾的尾巴弯来弹去，像做一种古怪的体操。它究竟在干什么？原来是在欣赏自己的尾巴。红尾红尾，如果尾巴不红，多不好意思。我们的小红尾偏偏发现自己的尾巴不太红，这让它很沮丧。

据说阳光从红色的太阳身边来，因此具有让红尾鱼家族的每一个成员变成红尾的魔力。这是一代代红尾们传下来的秘诀，我们的主人公小红尾既然是红尾，当然也懂得这个道理，就像每一个小孩子天生知道糖是甜的的道理一样！所以，今天红尾翘起扁扁的尾巴，鳃一张一合，两只船桨样的鳍奋力划水，以便保证尾巴上翘的时间长一些，好让暖暖的太阳光温柔地、仔细地涂抹自己的尾巴。它这个模样很滑稽，怎么形容呢？像一只靠肚皮在冰上滑行的海豹。

一天中采集阳光的最好时间不在中午，而是在清晨和黄昏。清晨的阳光凉凉的，像抹在尾巴尖上的清凉油；而黄昏的阳光软软的，照在尾巴上好像不经意的按摩，舒服极了。清晨和黄昏的太阳顶红，可是这两个时间的太阳光又最弱，这是一个很让我们的红尾伤脑筋的问题。最红的太阳自然最具有染红尾巴的功效，最弱的太阳光同时又最不容易用尾巴采集，于是需要红尾动一番脑筋。

它先是弯在岸边的浅水里，因为水浅，阳光很容易穿透。后来小红尾又发现在岸边的圆木中一个发光的亮点，当游过去细看时，发光的亮点居然很强烈地震动了红尾：阳光被这亮点浓浓地吸住，它用尾巴一探，就感到了这亮点的珍贵——这是人们无意中遗落在湖畔的一面小镜子。

小镜子平平地躺在浅浅的湖水里，上面没有一点泥沙，每一条游过去的小鱼都愿意去打扫它的镜面，代价是美美地照个够。镜泊湖的小鱼、小虾、小蛤蜊都知道浅水里这面小镜子好客，可是它们除了自我欣赏一下之外，根本不知道小镜子最重要的功能，现在这秘密被我们的红尾凭着本能发现了。

小红尾相信凭着这面神奇小镜子的帮忙，它的尾巴不但很快会变红，而且将变得绯红绯红，像落在湖边的那轮落日一样，红得让人们惊羡。

二

小镜子静静地躺在浅水里，它如今成为小红尾的一座舞台。别的小鱼小虾们渐渐放弃了照镜子的兴趣，但它们发现小红尾是一条古怪透顶的鱼，它不仅仅是在照镜子，像所有的好奇的伙伴们一样，更重要的是小红尾起早贪黑，在小镜子上竖尾巴、倒立、左旋右转，仿佛在围绕、追逐着什么，可是小镜子上却又什么都没有。

天气一天天凉下来，落叶们把深秋的信一封封寄给湖里的水族。当最后一枚树叶寄到时，镜泊湖的涟漪不再动荡。这枚落叶是岸上最高大的一株白杨树寄来的，这株白杨树整天眺望着北方的天空，用它粗大的手臂扯住云朵，也托起一群爱发牢骚的松鸡。当它决定把冬的消息写在自己最后一枚树叶上时，松鸡们一致认为白杨多管闲事！可是白杨摇摇头，它喜欢镜泊湖里的鱼们，喜欢它们在自己的树影里戏水聊天的文雅，更喜欢一条名叫红尾的谦虚的小鱼。这最后一枚树叶就是寄给小红尾的，寒流马上要到达镜泊湖了，老白杨希望小鱼们能暖暖和和地过冬。

小红尾没有读到老白杨寄来的这封落叶信。

它整个地沉浸在小镜子上的舞蹈里，它感觉到自己的尾巴正渐渐地红起来，先从尾巴梢上红起，这当然不是它心目中那种理想的绯红，而是一种介于胭脂红和粉红之间的颜色，可惜红的面积不太大，只停留在尾梢上。可是小红尾从这点点滴滴的胭脂红上看到了希望，于是它更加勤奋，更加早出晚归，向冬天渐渐冷漠的太阳，奉献着自己专注的赤诚。

镜泊湖开始结冰了。

小红尾平生第一次看到水的凝固，它先是为涟漪和波浪的定型而吃惊。它曾试图浮出水面，当它向水面白色的光明冲去时，脑袋碰到了一层坚硬的冰冷。它抬抬头，嘴巴无论如何也拱不出水面，整个镜泊湖被一块水晶玻璃笼罩起来，我们的红尾成了玻璃里面的小生灵！

小红尾起先有一缕惊怕，一丝不安。它不明白为什么世界突然变得坚硬。可是它很快适应了冰层下的生活，因为它发现太阳由于冰的存在而变得格外慷慨大方，阳光射入冰层后，对自己尾巴的点染效果十分明显。小红尾为这一奇特的发现所震惊，它越来越多地贴近冰层，越来越高地举起自己的尾巴，像举起一面追求阳光和美丽的小旗。真是一条固执的小鱼！

三

当岸上的老白杨正对松鸡们不耐烦时，镜泊湖的落日又一次微笑成灿烂的圆果。它静静地悬在远方的山崖上，好像在自我欣赏、自我陶醉。它悬挂的时间很短暂，至少在老白杨看来是这样。可是这短暂的辉煌却给我们的小红尾以莫名的欣喜和刺激，因为它此时正接近最高的冰层，它的小巧的尾巴在夕阳的抚摸下变得鲜红。阳光透过冰层，具有强大的穿透力和不可抗拒的美，这力和美使得小红尾激动得战栗不止。恰到好处的角度和投影，把小红尾和冰层融为一体，它的尾巴在一瞬间产生了红宝石般的绚丽光彩。小红尾努力地弯起身体，使自己的尾巴一次次接近夕阳，靠近冰层。这种努力是一种对落日的忠诚的挽留，是一种对朝阳的真切的呼唤，体现在我们的小主人公身上，由于忽略了寒流的侵袭，竟渐渐有了几分悲壮意味。

小红尾在最后一跃贴近冰层时，看到落日投给自己的一缕红线似的光束绮丽无比，可自己却无法回头去观赏这最后一缕阳光的点染。它感到游动的水正渐渐变浓变稠，而自己有一种隐入泥淖时的僵硬感。冰层压下来，压下来，自己为这冰层所包围，退不出，也游不动。它留恋地望一眼太阳落山的远天，明白自己将凝固在这冰层中，成为镜泊湖第一条冰中的小红尾鱼。

不过小红尾没有后悔，在它鱼儿的头脑尚能做出最后的判断时，它感觉到太阳不会遗弃自己，因此它快乐地哆嗦了一下，吐出一粒小小的气泡，便不再挣扎。浓重的水——冰漫过它的全身，小红尾渐渐失去了知觉……

镜泊湖的冬天来临了。

四

“叮叮当当”的声音震醒了红尾，它企图以快速游动来摆脱这种奇怪的喧嚣，可是它很快意识到了自己的僵硬和无能为力。

“一条鱼，一条冰鱼！”一个陌生的声音叫喊道。“凿下来，轻一点儿，哈，还是条漂亮的红尾！”又一个声音在应和。红尾不明白自己遇到了什么事，可是它发现自己已经成为一块巨冰的一部分，而且这块巨冰正被人们从湖面上取出来，好像要去从事一种和冰们有关的美妙的事情。

红尾在冰里注视着凿冰的人们，发现这是一群乐天的青年，正在冰天雪地里凿出镜泊湖的冰块，一块块垒起来，要运到一处远比镜泊湖热闹的城市。

听天由命的红尾，将以一块冰的身份去闯世界。

它很快明白了人们凿冰运冰的目的——制作冰灯。

红尾所在的这块冰很大很厚，当其余的冰被人们雕成宝塔、滑梯和栏杆时，红尾所在的冰被许多人摸来摸去，但没有一个人来雕琢它，因为红尾的存在，技艺平平的人对这块冰不敢问津，当然，这种冷落使红尾很不快活。终于，这一天，来了一个小姑娘，她有一张红扑扑的脸蛋，穿一件红色羽绒服，戴一顶红毛线织成的滑雪帽。她一站在红尾这块冰的前面，红尾就感到自己的心脏“突”地跳了一下，嘴角本已凝固的小气泡也微微一动。它为小姑娘的美丽和太阳般的装束所感染，于是它热烈地望着小姑娘，用自己在冰里所能聚集起的感情。小姑娘拍拍红尾（当然是隔着一层冰），兴奋地喊道：“我要爸爸来雕这块冰，这块有条小鱼的冰！”

幸运的红尾遇到的小姑娘，恰巧是这座城市里技艺最高超的冰雕艺术大师的女儿。大师应女儿的请求来到红尾面前，端详好半天。他承认，在冰里有一条红尾鱼是自己平生见到的所有奇迹中最大的奇迹。他望望女儿，又瞅瞅红尾。红尾也静静地盯住大师。大师从红尾的眼睛里读出了一种水族的期待，他心中猛然涌起奇异的灵感冲动，这种冲动是自从他成为大师之后久违了的一种感觉，而正是这种感觉才使他成长为大师的。

大师把这块冻结着红尾的冰块运回工作室，开始雕琢。雕琢时他的手心出汗，眼睛放光，四下飞溅的冰屑镶在他的眉毛上，把他装扮成一个圣诞老人的模样。他不管不顾，疯狂地投入自己的冰雕艺术之中。

凿子每每举起时，大师都能感觉到红尾这条小鱼的默默嘱托。尽管他不知道红尾是怎样进入冰层的，更不知道红尾心中的秘密，可他承认这条小鱼身上具有某种魔力，因此他雕刻得格外认真。

一个阳光灿烂的上午，冬日的太阳悬在高高的雪松上，大师放下自己的刻刀，松了一口气。他注视着自己用一个星期的时间雕琢的艺术冰雕——一尊号称“东方维纳斯”的观音菩萨，内心有一种极度松弛的感觉。他的目光停留在观音所提的鱼篮上，这只晶莹的鱼篮盛满灿烂的阳光，阳光里闪现出一尾活泼泼的小鱼，小鱼的尾巴嫣红，仿佛一粒熟透了的草莓。大师揉揉眼睛，他感到不可思议的是：小鱼的尾巴在一星期前还仅仅只是浅浅的红色！“或许是阳光玩的把戏吧？”大师自言自语道。为雕这只鱼篮他两天两夜没有合眼，生怕一失手毁坏这天然的冰饰。这种小心的雕刻，对于大师来说是一种灵感的迸发，而小红尾的注视无疑起到了艺术监工的作用，至少红尾自己是这样认为的。就这样，我们的红尾成为冰灯会上一盏最气派的灯，鱼灯被安放在灯火辉煌的中心点上，它的左边是西藏巍峨的布达拉宫，右边是一座冰塔——杭州六和塔。当然，这一切全是冰的“把戏”。红尾被放在一座冰亭里，被八位神仙所包围，它知道这是赫赫有名的

"八仙",是战胜过海龙王的神仙,尤其是铁拐李和吕洞宾,最厉害。可现在,他们团团围住红尾,好像红尾比龙王还棒似的!

红尾比不过龙王,但红尾是被冰雕大师雕成的鱼灯。准确点说,是观音手上的鱼篮灯。

观音菩萨肯定比龙王棒得多了。

红尾被观音提在手上,默默地望着观灯的人流,它发现人们最爱看的是自己,而且大多数人不敢相信自己是一条真正的红尾鱼!人们里三层外三层地围着冰雕观音,指着红尾议论纷纷。红尾透过冰层望着观灯的人们,感到十分有趣。它知道人们的猜疑,可又遗憾自己的无能为力,它甚至连眼珠都不可能转动一下,更不用说动动那美丽无比的尾巴了!这种情况未免有些扫兴,直到有一天小姑娘来了。

小姑娘望着红尾,她身上的红色使红尾感到久违的阳光正回归到自己的尾巴上。她伸出戴着红手套的手,轻轻摸着冰灯,突然间华灯大亮,八仙手中的兵器化为光束,齐齐地照向观音的鱼篮。鱼灯在这璀璨的灯光映照下,聚焦成为一个红得发出晶莹的光的宝篮,红尾鱼瞬间感到自己仿佛成为一条盲鱼,眼前是五彩斑斓的光束，这光束如彩虹般交叉扭绞，幻化成七彩的花篮，而自己眼睛里则除了红色还是红色，这是镜泊湖的太阳升起时的嫣红，又是镜泊湖的落日落下时的潮红，是小镜子反射出的最后一缕晨曦的胭脂红，又是自己的尾巴采集到的冰层透泻的水晶红……于是，红尾感到自己成为冰的灵魂、冰的精华，仿佛向无边的辉煌游去，比风还快，比云还轻，比阳光还温煦，比波浪还调皮。太阳在招手，用阳光牵引着自己，引导着自己，而自己的尾巴，在阳光中红得透出紫色，像大朵大朵的鸡冠花，像大粒大粒的红草莓，美丽、鲜灵，真是镜泊湖中顶顶出色的一条红尾鱼……

就这样，我们的小红尾在冰灯世界的灿烂光芒中到达了自己生命的顶点，它装饰了艺术，以自己与众不同的红尾巴；艺术反过来又成全了红尾。

当冰灯节结束时，春天也悄悄地来到了。冰灯们“滴滴答答”地和春风聊天，询问小河的消息。红尾寄身的冰鱼篮被小姑娘轻轻地取下，她捧着冰鱼篮走向小河。

小河很文静地流着。解冻后的河面上不时流过大块的浮冰，它们相互撞击，发出“嚓嚓”的声音，很像一群男孩子在操场上打闹。小河岸边的青草刚刚冒出头，很羞怯又很认真地召唤着太阳，红尾感到自己的身体正渐渐温暖，嘴边的气泡被一株小草一顶，“噗”一声破了。小姑娘的手心太暖和，春天的阳光太温柔，冰篮在悄悄融化。当然，更重要的是鱼篮中的红尾听到了春天的歌声，它渴望从僵硬中回复到生命的常态。小姑娘问红尾：“你快活吗?”红尾问她：“你快活吗?”小姑娘点点头，红尾也点点头，不过它的头点得很含蓄，几乎让人无法感觉到，因为红尾点头时下巴还被一块硬邦邦的冰托着，凉飕飕的一点儿也不舒服。

小姑娘把红尾和冰鱼篮轻轻放入小河，小河匆匆地抱起这块晶莹的艺术品，闪烁着流向无尽的远方。

在遥远的小河尽头，据说是一座美丽的大湖，叫镜泊湖。

五

下面的故事似乎用不着我去多说了，每一个孩子都能猜到它的结尾。我们的小主人公红尾如今在镜泊湖里蛮惬意地游戏、聊天。小镜子依然躺在岸边的浅水里，充当小鱼们表演的舞台。当红尾向湖里的朋友们讲起冰灯节的经历时，所有的鱼儿都持怀疑态度，甚至认定这是一条爱吹牛的小红尾。

当然，如果它摆起自己与众不同的红尾巴时，别的红尾会哑口无言。

另外，小红尾还有一个小遗憾：自己比同龄的红尾兄弟个子小得多，它一直弄不明白这是为什么。其实这正好证明自己的经历：当它成为鱼灯为人们所观赏时，它的个头一点也没长，也不能长！

这个秘密只有岸上的老白杨知道，它让自己的第五十九片树叶去告诉小红尾，因为这片树叶长在树梢最高处，见的阳光最多，和小红尾最有共同语言。不知这信它捎去没有？

镜泊湖很大很美，镜泊湖的鱼也很多很多，可是最出色的鱼只有红尾，不信你去问好了。

镜泊湖的阳光质量上乘，尤其是用来染红鱼尾巴，永不褪色！

这个道理，每条红尾都深深明白。

波斯猫派克在冬天的奇遇

波斯猫派克原来不叫派克，叫二头。可是妈妈自从看过了美国影星格利高力·派克的影片之后，非让二头改名不可。爸爸是国粹派，认为派克这一名字太洋气，还说以前一种钢笔也叫这个名字。波斯猫是活物，怎么能和钢笔用一个名字呢？爸爸有些气愤，可他只敢自己跟自己念叨，因为家里妈妈说了算，妈妈怎么能说话不算呢？家里就她一个女性。注意：二头也是男子汉。二比一，要尊重妇女的合法地位。于是，二头就变成派克了。

二头，不，派克的爸爸是人，妈妈也是人。可是他们抱着派克亲个没完，管他叫“乖乖”“猫儿子”，所以派克也习惯了自己的这对爸爸妈妈，对自己真正的妈妈，竟有些感情淡漠了。

有时他觉得自己要脱下这身白皮袍，换上西服，扎上领带，可惜这想法只停留在派克的猫脑袋瓜儿里。目前为止，他还静静卧在暖气旁的书箱子上，没有丝毫站起来走两步的念头。

派克在做梦。

他只是一只漂亮的公猫，猫族的美男子。波斯猫所具有的种族优点在他身上体现得特别充分，两只颜色不同的眼睛，一只金黄，一只碧蓝。在夜晚的灯影下，金黄的眼睛转为亮绿色；碧蓝的眼睛呢，又闪烁成火红的宝石色。对自己的眼睛，派克不以为意，尽管他听说过有一位法国大明星吹嘘自己的眼睛也会变色，还说只要有了爱情就能由灰变蓝。派克觉得吹牛没意思。眼睛嘛，就是眼睛，生成什么样由不得自己，何况派克目前还不打算谈恋爱，他可是个规规矩矩的猫孩子。

派克自豪的是自己的脖子，脖子下有一大圈长长的毛，走起路来如波浪般耸动，这一点很像一头狮子——森林大王、白狮子雷欧的模样。

事实上派克也是浑身雪白的，像一团白云，一堆银屑；尾巴像一根高高的旗杆，又粗又长。有了这尾巴，派克才觉得自己和爸爸妈妈有区别。当然，另一个区别是，派克生下来就留着长胡子，胡子不但长，而且硬，显得有点老气横秋——这个成语派克是后来才知道的。

别的几乎没什么特殊之处了，至少派克自己这么认为。他和爸爸妈妈一起吃饭、吃鱼、吃牛肉，还吃鸡蛋、喝牛奶；高兴起来吃土豆、黄瓜、豆芽菜。对了，有一次派克大吃了一顿美国芹菜，味道好极了，吃完了有一种喝醉酒的快感——当然，醉的滋味派克没真正体验过，但他喜欢听这个响亮的词汇：醉！多脆，多美，多带劲！

还有一个原因：爸爸经常醉醺醺的，每到这时，厉害的妈妈就会指着爸爸的鼻子，叫他“醉猫”。其实，这是对派克的极大不尊重。不过，派克不计较，宽宏大度是男子汉的美德，派克早就知道并力争做到这一点。

派克的梦究竟是怎么回事？

他梦见自己回到了故乡波斯。其实波斯是什么样子，派克一无所知。但他感觉到自己的血缘出身与波斯连在一起，密不可分。他好像是随着一支庞大的商队，被丝绸之路的风沙裹挟着前进的。派克被妈妈搂在怀里，坐在一匹肿了背的大马（后来知道这“大马”叫骆驼）身上，一步一摇地走到了大海边。大海很大很大、海水很蓝很蓝，蝴蝶鱼在海面上滑行，和海豚们开着放肆的玩笑。有一只还掠过派克的鼻尖儿，用尾巴撩出一股咸咸的海味，使派克直想打喷嚏，并伸出爪子去和飞鱼们握手。

大海边有金黄色的沙滩，小螃蟹们正举行摔跤比赛，大钳子发出“咔嚓嚓”的声响。这是一场激动人心的运动比赛。在高大的棕榈树下，阳光静静地漏下来，漏在一匹卧在树下酣睡的骆驼身上，阳光的手指调皮地揿在骆驼的眼帘上。可能是旅途太累，沙漠的风尘也太沉重了，骆驼只微微移一下脑袋，在棕榈树下依然睡得十分香甜。正在这时，一群穿着长袍、戴着头巾的人，挥着长长的弯刀，以突如其来的呐喊，闯入了大海边宁静的世界。

结果，派克的梦被惊飞了，他睁眼一看，发出吼声的怪物在屋外正用无形的手揪打着晾在阳台上的床单。派克恨恨地“喵”了一声，真的，并不是每只波斯猫都有这样的运气在梦中回到故乡的，据说每一千只猫中只有一只能做这样绮丽的梦。由此可见，派克确实非同一般。

派克努力追忆着自己梦中的情景，那大海、飞鱼、棕榈树，那骆驼、沙漠、举刀的战士。他感到自己体内有一股热流在涌动，他觉得自己有责任描绘出这梦中景象，写成诗，画成画，留给爸爸妈妈欣赏。

书桌上恰好有一尊地球仪，像滚动的篮球，冲着派克摇头晃脑。派克知道这是一件极有趣的玩具，也知道这是一切生命的象征，包括自己、自己的爸爸妈妈。他跳到地球仪上，感到自己被一股磁力吸引住了。他站在地球仪上，放声吟出一首绝妙的诗："喵，喵喵，喵呜喵／喵呜喵呜，喵喵喵。"

翻译过来的意思是："我的故乡，遥远的故乡／梦中一游多么美好。"这只能是基本意思，按照翻译界"信、达、雅"的标准，还差一截呢！

派克和地球仪拥抱的结果，是成为一名充满激情的诗人。诗人，常常会在一刹那间冲动成高压锅内的强大压力，又会在一秒钟内冷却成电冰箱内的液体氟利昂。派克在激情无从发泄的当口，觉得高声吟唱已不能尽兴，便想试着画一幅波斯故乡行的梦游图。他用自己的尾巴蘸满了墨汁，在一张宣纸上尽情挥毫，不一会儿，一幅大泼墨、大写意的山水画成功地问世。派克没有图章，便认真地在画的下方按上了自己梅花状的脚印，布局美妙匀整，派克在当上诗人的同时，又成了一名画家。

波斯猫派克现在成了名流了。他的爸爸妈妈以他为自豪，时常举行诗歌朗诵会和图画展览会。派克朗诵时，要由妈妈充当翻译，每当妈妈对某一段“喵呜”的理解出现不应有的失误时，派克就会不高兴，会生气地耸动胡须，一声也不吭，他的脾气越来越具备诗人气质了。

说到办画展，派克从不当场作画，当然，如果有首长出席又当别论。他的尾巴如今在保险公司保了三万元的险，这可是一支金不换的笔呀！

只是派克的两只眼睛时时充满忧郁，他觉得自己在一个冬天里所做的一个梦，一个关于波斯故乡的梦，实在太美了。虽然这个梦使自己成为了诗人和画家，可惜残留在记忆里的只剩下一星半点梦的残片，他希望能重新拥有完美的梦境，到自己的波斯故乡一游。

派克于是更加贪睡。妈妈说派克变懒了，一点也不勤奋；爸爸说派克病了，需要吃几片土霉素药片。派克用自己的两只不同颜色的眼睛望着他们，心想：你们为什么不走开，让我一个人安静一会儿呢？

波斯猫派克如今很平庸地生活着，他恢复了一只猫的正常生活，踱步、吃鱼、喝牛奶，然后卧在暖气旁的书箱上打呼噜。只是每到夜里，他就会开始不安地歌唱，声音很尖很响，带有几分祈求。

邻居们都说，派克到了谈恋爱的年纪了——该“闹”猫了。一个“闹”字，把派克所有的风度一扫而光。

于是，人们才发现，派克不过是一只普通的波斯猫，且有着猫的一切缺点和情欲。派克不计较这些议论，自得其乐地向着冥想中的猫姑娘唱着悠悠的情歌，毕竟梦境代替不了现实。

您瞧，我们的派克还是一位哲学家呢！

两头蛇双双

一

双双是很委屈地来到这个世界上的。

他的小屋子，也就是人们常说的“蛋壳”，比一般的厚，这使双双顶破蛇蛋的壳儿时很费劲。在“屋子”里时，双双觉得很气闷很拥挤，他还感到这屋子不光是自己一个人独享的。这只是感觉，事实上在蛋壳里根本容不得双双多想什么。一感到气闷，他就努力去顶蛋壳，当他的嘴唇寻找到一处薄弱点时，便用尽一条小蛇的全部力气去撞击。一来二去，蛋壳渐渐裂了缝，于是双双最后一使劲，脑袋就从蛋壳中探了出来。

二

奇怪的事也同时发生了，当双双的尖尖蛇头出壳时，他发现蛋壳的另一端也探出了个小脑袋。双双起初以为那是自己的兄弟，用初出壳的蛇语“咝咝”地向那颗小脑袋问好，然后他准备爬出盘曲了几个月的蛋壳。

但他发现腰部以下根本不听使唤，反而有一股力量传导过来，要把自己扯向另一个方向。

双双不禁惶惑起来，他猛地一挣，蛋壳的裂缝扩大，继而裂成两片。双双滚落在草地上。被清凉的露珠一浸，双双的蛇脑袋猛一机灵，这时他发现自己的伙伴也跟着滚了出来。

更令双双吃惊的是他企图把身体盘成一条真正的蛇的模样时，那股反作用力又源源而来。双双根本不可能盘起身体，因为这身体的另一侧也有一个怒气冲冲的蛇头，这蛇头与双双做着同样的努力。

于是双双明白了：自己是一个怪胎，两头蛇！

三

两头蛇双双就这样很倒霉地来到世界上。

他的出生地是一座麦草垛的底部。麦草们以一种金灿灿的颜色烘托着双双，太阳用另一种金色来温暖着小蛇的躯体，使双双因露珠而引起的寒冷感觉很快地消失。一旦暖和过来，双双决定和自己的另一个头商量怎么办。

双双问他："你叫什么名字?"

"我叫双双。"另一个头眨眨眼睛，很认真地回答。

双双点点头，觉得这是个吉祥的好名字。

"我们谁当哥哥，谁当弟弟?"双双认为这是个大问题，必须明确下来!

另一个双双（从现在起我们叫他大双）跟着点点头，承认双双（从现在起开始他是二双）的道理。

"当然是我当哥哥，因为我比你先出壳一秒钟!"大双很肯定地说。

"一秒钟，这是什么意思?"二双感到大双有些狡猾，有点世故，便问。

“一秒钟就是滚一下。”大双解释道。

“可我比你先滚出来的呀。”二双不服气地争执道。

“你比我先滚出壳不假，但是我的脑袋先碰到草地，我吃了第一粒露珠，才弄明白必须当你的哥哥！”大双说得很恳切，又很有说服力。

二双不吭气了，他动了一下细长的身体，向大双说道：“好吧，你是哥哥，我是弟弟。但我累了，想盘起身体，怎么办?”

“这好办，我们俩一起来盘。”大双喜滋滋地说道。

小小的两头蛇左扭右扭，竟真的盘起了身子，两个小脑袋竖在中间，显得很古怪，又很和谐。

四

大双和二双（现在我们知道他们共用一条身躯）一觉醒来，发现四周静得出奇。而本来和他们一起出壳的小蛇们，不知为什么都不见了。他们用蛇的大脑使劲回想自己在什么地方，想啊，想啊，好像刚有点明白的时候，旁边响起一阵窸窸窣窣的声音。

大双探头一看，看到一条跟自己长得很像的蛇，只不过比自己大了许多许多倍！

二双反应快，他欢乐地叫起来："妈妈！你是妈妈！"

大蛇游上草垛的底部，她的确是大双和二双的蛇妈妈。蛇妈妈同鸡妈妈的育儿方法不太一样，她更像鳄鱼妈妈，她把宝宝们放在草垛下部，借太阳的温暖来孵化他们。她守卫在离蛇蛋们不远的地方，充满慈爱、充满期待地等着小宝宝顶出蛋壳。小蛇们一旦出了壳，蛇妈妈就会过去盘住他们，用长长的身体护卫着自己的娃娃，然后领他们走出草窝，寻找食物。

两头蛇的出壳太古怪，把蛇妈妈吓了一跳！因此她没敢过去招呼小怪蛇。半晌，看到有着两个脑袋的孩子互相讨论哥哥与弟弟的问题，蛇妈妈总算定下神来。甭管怎么说，小蛇再丑陋，也是自己的孩子！所以她才亮了相。

大双和二双有了妈妈，他们感到这个草垛实在太美妙太可爱了。你瞧，草垛软软的，温温的，不光是暖和，而且草里有小蚂蚱、小蟋蟀在弹着琴唱着原野之歌，显得很热闹。另外，草垛顶上是一棵老杨树，树上有一个喜鹊窝，窝里有三只小喜鹊。这是三个饶舌的家伙，从盯着大双和二双钻出壳那时候起，他们就一直用喜鹊的语言争论不休，争论的题目很简单：这条两头蛇会不会变成两条？他们当中有一只叫着："加！加！加！"另外两只接着叫出："加加，加加！加加！"叫一声"加"的喜鹊，意思是大双和二双永不分离，只能是一条两头蛇！"加加"自然是分手派，认定大双和二双总是要分开的。据说他们三只喜鹊之间为此还打了赌，赌注是一枚铜别针，这是喜鹊妈妈的妈妈留下的，原先属于三十里以外的一处庄园的女主人。

大双和二双一点也不知道自己刚刚出生就成了喜鹊们打赌的对象，他们只觉得妈妈露面来呵护自己是最快活的事。另外，更重要的一点是，他们饿了，想吃东西。

五

大双昂起头，吐着细细的芯子，"咝咝咝"，他呼唤着妈妈。

二双好像饿得更厉害，他几乎连吐芯子的力气都没有了，可是他的小眼睛却亮晶晶地瞪着前面，因为不远的地方有一根小草在蠕动。

小草当然不会动，除非有风的手来摇晃它，或者小草的下面有别的小昆虫。使小草蠕动的不是昆虫，换句话说，它更像一条蛇。什么东西像蛇？当然是蚯蚓了。

二双凭感觉知道食物送上门了，于是他弓起属于自己的身子，当蚯蚓探头探脑出现在面前时，他箭一般射出去，一口咬住了蚯蚓的头，香甜的汁液顿时盈满了小蛇的口腔。我相信二双此时的幸福一定不亚于每个吃过巧克力冰棍儿的小男孩！

蚯蚓拼命挣扎着，尾部蜷曲又伸开，好像一条弹簧。它的动作太大，牵动了大双的饥渴的目光，大双毫不客气地伸过脑袋，咬住了蚯蚓的尾巴。

大双和二双像两名小小的拔河运动员，拼命地拔着蚯蚓这条美味的肉绳。当然，拔绳仅仅是他们在争食时的一种条件反射，更主要的是这条蚯蚓很快开始被他们吞食。大双与二双的嘴碰到一起，他们使劲地摆头，互相交错，企图把面条样的美味蚯蚓扯断，可是这条蚯蚓太粗大，它的身体的弹性超出了小蛇们分割的能力，于是很滑稽的场面出现了：两头蛇大双与二双被一条蚯蚓拴在一起，四只眼睛无可奈何地对视着，显出了小生命的某种宿命式的悲哀。

肚子暂时不再饥饿，可是他们谁都知道，一旦对方把蚯蚓抢走，留给自己的仍然是饥饿，所以他们只好对峙。

这条可怜的蚯蚓成为大双与二双出世以来的第一位生命教师，因为它终于耐不住蛇牙的切割，痛苦万分地被一分为二。大双与二双迅速地分开，又急急地吞食进属于自己的那段蚯蚓，然后他们感到一阵饱食后的轻松，很快在阳光下昏睡起来。

六

下雨了。

大滴的雨从高空跳下来，显得急不可待。草垛很快变成一朵硕大的湿蘑菇，正在这蘑菇根下憩息的两头蛇大双和二双，感到雨点的骚扰让他们很不舒服，便打起精神爬出草垛，想寻找一处避雨的小屋。

草垛依傍着一道堤坝，堤坝上长满蒿草和红柳。大双和二双互相鼓励着，在泥泞中画出一条细而弯曲的线。他们怕雨水呛住自己的喉咙，于是将小脑袋高高地昂着，拼命向前游动。雨渐渐小下来，堤坝的凹陷处积满了水。一只好事的青蛙无端兴奋地守在这水洼旁大叫："呱，呱呱！"他的叫声里有一种雨的气息，在湿润的空气里传得很远。

大双和二双终于找到了一处避雨的小巢。这是一棵歪脖子老柳树，由于老柳树太老太老，老得空出了一个大大的树洞，两头蛇一骨碌滚进树洞，才发现这里面又干燥又温暖，比草垛下不知舒服多少倍！

小小的两头蛇彼此望了一眼，小眼睛里都闪着疲惫和无可奈何的光。再看一下柳树洞，对他们来说分明是一间漂亮的大厅，地上是不知什么时候被虫子啮咬下的木屑，又细又软地铺了厚厚的一层。洞外一片空蒙，雨脚在外面寂寞地徘徊，它已放弃了对小蛇的追逐。

太阳笑眯眯地重新探出了头。雨悄悄来又悄悄走，它仿佛只为了将大双和二双赶出草垛，赶出妈妈身边似的，真的，经过这场大雨，两头蛇从此再没有见到自己的妈妈。或者说，从他们自己捕捉到第一条蚯蚓开始，妈妈就悄悄离开了自己的孩子，因为蛇族从来就是这样生活的。

七

树洞的确宽敞又舒适，可是树洞里没有美味的蚯蚓。经过好长一大段路的爬行，大双和二双早饿得眼珠子发蓝，身体细了一圈了，所以他们一旦定居下来，首要的任务便是寻找食物。

他们被饥饿所折磨，忍不住爬向洞口。洞口很光滑，显然这里经常被另一种动物的身体所摩擦，这无疑是一个危险的信号，可是两头蛇太年轻，一点也没有意识到洞口的光滑意味着什么。他们爬出洞口，左边是堤坝里浑浊的流水、泡沫和匆匆流向远方的浪花，流水不可能给小蛇任何馈赠；右边是高且深的蒿草，这蒿草有一股奇异的腥气，让小蛇很难受。可是饥饿比蒿草的气息更难挨，他们决定到蒿草深处觅食。如果碰巧捉到一条蚯蚓，对于大双和二双来说无疑是最高兴的事。

一只小青蛙在蒿叶下的积水里蹲伏着，他显然预感到了某种危险。果然，随着一阵草响，他看见一条叉子样的怪蛇出现了，这怪蛇的两个脑袋高高吊起，带有几分威胁姿态向前吐着芯子。小青蛙感到这怪物很滑稽，便壮起胆不动不走，想仔细地看个明白。

二双最先发现了绿色的小青蛙，他嗅到一阵美味的蛙香，头急速地一探，小青蛙一下子被叼住，根本来不及挣扎，便为自己的好奇付出了生命代价。

大双不免有些沮丧，因为在觅食的本领上，他似乎永远也赶不上二双的敏捷。二双吞下小青蛙，感到信心和勇气也随小青蛙的进肚而增大增强，他鼓励大双道："小青蛙很笨，味道也不美，你能捉到更棒的东西，真的！"

大双点点头，把头昂得更高。一只蝴蝶正在草尖上休息，漂亮的翅膀缓缓扇动着，像为雨后的大地扇凉。大双的目光倏然一亮，他感到捕捉这只蝴蝶意义重大，因为蝴蝶有翅膀。二双好像明白了哥哥的心思，默默地配合大双向前移动。他们一直潜游到草叶下，蝴蝶一点也没有觉察，自顾自地左顾右盼，触须一探一探，像京剧里武生头上骄傲的翎毛。

草尖微动，蝴蝶正要展翅之际，大双的牙齿恰到好处地咬住了蝴蝶的尾部。蝴蝶拼命扇动翅膀，草上的雨水和翅上的磷粉染花了大双的脑袋，使他变得古怪万分。大双执着地咬住自己的猎物，尽管他发现蝴蝶的滋味一点也不鲜美，可是毕竟这猎物是一种能够飞动的小生命。大双认为捕食蝴蝶的行为已接近一种行为艺术，所以他努力吞食着蝴蝶枯燥无味的翅膀，同时觉得自己比二双更像一名蛇族的诗人。

青蛙与蝴蝶，检验出大双与二双不尽相同的性格，他们一个重实惠，一个偏幻想，这的确是一条有趣的两头蛇。

八

觅食完毕，大双和二双带着各不相同的感受返回树洞。由于肚子里有了食物，他们爬行的动作更加自信和有力度，而且体内仿佛有一种骚动，从皮肤上一点一点外溢。他们隐隐约约感觉到自己正经历一种新的生命体验，于是归巢的速度更快。

爬回洞内，刚刚在树屑上盘定，体内钻心的痒又阵阵萌发。

大双和二双禁不住展开躯干，在树屑上翻扭不止。皮肤好像正被一只无形的大手一寸一寸剥离，而身体里汹涌着的狂潮却一点也没有缓解的趋势。他们感到了痛楚，又感到快意，好一阵挣扎。他们蹿向一处可以卡住身体的地方。这时，莫名的痒愈加强烈，从头部传导到尾梢。大双和二双拼力一挣，感到自己像是挣脱了一个有形的囚笼、一件无形的外套，于是瞬间轻松了，松弛地游动起来。

回头一看，他们不禁一愣：自己的躯壳正静静地卡在那儿！身体上新的鳞片光润而柔软，膨胀着生命的另一种欢喜，在树洞深处舒缓地伸展。

霎时间两头蛇恍然大悟：原来他们蜕下了旧皮，身体在痛痒中增粗、变长了。

蜕过皮后的两头蛇，变得不再幼稚和可笑。

没有蜕过皮的人类，你们谁能理解这一切?!

九

大双和二双软软地依偎在一起，蜕皮使他们虚弱异常。这时，洞外闪过一个身影，机敏、快捷，黄色闪电般掠过。这身影很快又返回，把一只小脑袋探入树洞，然后抽抽鼻子，谨慎地踱入宽大的洞穴。

这黄色动物显然是熟悉这洞穴内的一切的。他亮亮的眼睛含着警惕，东张西望过后，在两头蛇的不远处伏下身子，用大尾巴左右一扫，然后用尾巴盖住自己的鼻子，竟从容地进入梦乡。

两头蛇吓坏了！

他们以为自己面临世界末日，因为这黄色小兽曾露出过尖利的牙齿和敏捷的身手，而他们则正处于蜕皮后的虚弱中。大双和二双睁大双眼，恐惧地盯着安然入睡的小兽，好半晌才回过神来。原来他们寻找到的安身之地是黄鼠狼的巢穴，幸亏这位房东饱食之后有些粗心，否则两头蛇的“蛇生”早在黄鼠狼进洞的一刹那就该结束了。

既然房东毫无警觉地睡着了，不请自来的大双和二双唯一的选择自然是退出，或者叫逃命。

他们彼此对视一眼，发现双方高度默契地想到了一起，于是壮起胆子，悄悄地爬向透着亮光的洞口。

在爬出洞口的一瞬间，他们的心提到嗓子眼，生怕那可怕的小兽会一跃而起，在咆哮声中攻击——然而一片静寂，静寂里甚至传来小兽的呼噜声。他们终于放了心，匆匆地亡命原野，奔向充满喧嚣和危险的大自然。

十

大双和二双顺堤坝溜下，又穿过气息难闻的蒿草地带，沿着一条很宽很硬的土地向前爬行。这土地一点草叶也没有，而且平坦得像一面镜子。两头蛇爬行在这种古怪的土地上时，感到四周仿佛有许多双眼睛在注视着自己，他们产生了强烈的危机感，想尽快穿过这地带。

这土地其实是一条乡间马路。一个男孩跑过来，他漫无目的地奔跑，纯粹因为精力过剩。他手头拿着一根细细的柳棍儿，准备用这根柳棍儿制成声音美妙的柳笛，那种能“呜呜”吹奏出春天的乐器，能染绿嘴唇和心灵的柳笛。

男孩子陡然站住，疑惑地注视着马路上一条奇怪的生物——大双和二双也停止了爬行，在男孩子面前他们同样感到困惑，因为这种直立行走的两条腿的动物他们出生以来首次碰到，真是吉凶莫测的一次遭遇！

男孩子终于发现自己面前是一条罕见的两头蛇！他又惊又怕地伸出柳棍，试探地拨弄一下小蛇。首先被触动的是大双，他愤怒地摆摆脑袋，二双也响应了哥哥的愤怒，“咝咝”叫着，凶狠地吐出芯子。男孩子被两头蛇的凶猛反应吓了一跳，他跺跺脚，为自己壮胆也为吓唬对方，手中的柳棍依然挑衅不止。

大双急速地张开嘴巴，一口咬住了柳棍，他感到嘴里一阵苦涩，坚硬的苦涩；二双则毫不迟疑地伸头盘上去，他认为这坚硬而又有几分弹性的东西很可能是小男孩的特殊手臂，因此要盘上去搏斗、扭绞。

两头蛇的天性被小男孩的柳棍刺激得凶气毕现，他们的配合又让小男孩吃惊万分。正在胶着之际，一辆“丁零零”作响的自行车驶过，车上是一个小伙子，乡村小学校的老师兼校长。

见到自己的老师，男孩子胆子顿时变大，他大声吆喝着：“打！打死你，两头蛇！”

年轻的老师一跃而下，制止了小男孩的狂怒，看到大双和二双，马上惊喜地说道：“马二宝，别胡闹，这是珍稀的动物。”

老师又端详了两头蛇一眼，发现他们是无毒蛇，心里更加高兴，一伸手拿过柳棍，挑起大双和二双，向自行车前一别。大双和二双紧紧地盘绕在柳棍上，一点也不敢放松，听凭自行车一阵欢快的铃声在路上洒落，不知道自己将去向何方。

十一

《山城晚报》4月14日讯：“昨日本报接待了一名来自马家村的青年教师，他手持一条珍贵的两头蛇向编辑们展示，希望借助新闻媒介使广大读者了解大自然中这一奇异的异体共生现象。”

又讯：“这条罕见的两头蛇健康顽皮，目前已养殖在本市西山动物园爬虫苑。专家判定，这条蛇为黑眉锦蛇，系大自然中少见的两头蛇。”

大双和二双就这样成了山城的新闻人物，或者说：明星。但是他们爱不爱当明星可很难说了，世界上身不由己的事太多，人类常常遇到，蛇类也不例外。

有魔力的小铲子

下雪了。

大片大片的雪花，从高且远的天空飞落，像一朵又一朵绒花，互相牵着手，覆盖住了屋顶、街道和广场。

一切都变得毛茸茸、软和和的。小姑娘倩倩伸出手，一朵雪花落在她的小手心，凉沁沁的。倩倩问雪花：“你从哪里来？”小雪花告诉她，自己从月亮上面的广寒宫来。“哦，广寒宫，难怪你们一来，天就变得寒冷了！”倩倩恍然大悟。

小雪花眨眨眼，很快消失了，倩倩的手心里留下一粒晶莹的水珠，她把手心贴近自己的耳畔，一个细小的声音、小雪花的声音跟她说着“再见”。这声音渐渐远去……

雪越下越大，到了傍晚时分，倩倩发现自己推门时，门外好像有人在跟她开玩笑，顶紧门不许她出去。倩倩生气了，使劲推开屋门，门外的雪闪开身，像被圆规画过一样，齐整地形成一个半圆。

倩倩试探着用脚踩上半尺厚的积雪，雪层在她脚下“吱吱”叫着，仿佛很欢迎这位漂亮的小姑娘。

好大的雪。雪停了的时候，正巧倩倩出屋找小朋友们玩的念头刚刚萌生，看起来倩倩和白雪们有一种默契。不是每个孩子都有这种幸运的，倩倩的生日在冬天，所以白雪喜欢倩倩。

可是倩倩很快发现一个问题：家家户户的大门前都是半尺深的雪；广场，那可以跳绳、捉迷藏和跳皮筋的快乐场所，被深深地埋在雪毯下；小路，那平时任她蹦蹦跳跳去找小伙伴的小路，消失得无影无踪。大雪掩埋了一切，收藏了一切，也包裹了一切。

整个世界静静的，闪着银白色的冷光，没人出来扫雪，没人把笑声和白雪一道，堆成可笑的雪人，甚至爱打雪仗的男孩子们，也很奇怪地不见了踪影，好像这一场大雪下得太猛，把人们吓坏了一样！

倩倩回到家，准备自己扫雪。她想做的第一件事是把小路找出来，然后沿着小路去找好朋友毛毛和英英；第二件事是到广场，扫出一块小小的地方，她准备邀请毛毛和英英踢毽子；第三件事呢，暂时保密。当然让倩倩保密很难，她很快就自言自语地说出了最后一个心愿：哎，有一把小铲子该多好，我会堆一个全世界最漂亮的雪娃娃。

小铲子，对，现在就缺一把小铲子！“喂，倩倩，我在这里！”一个声音，小雪花样的声音从墙角飘出。倩倩走过去一看，笑了——一把小铲子正伸着木头胳膊，等待她的握手呢。

“我们去铲雪吧。”倩倩兴奋地说。

“我生来就是铲雪的，我已经等了许多许多年，人们早忘了我的存在，感谢你想起了我，我会把这座城市的积雪铲干净的。”小铲子更兴奋，话说得又急又快。

就这样，在暮色里，在银亮的雪地上，一个穿着红外套的小姑娘，拿着一把和她身高差不多的小铲子，走向了雪的世界。

灯，一盏盏地闪亮在这座城市的一幢幢房屋里，大人们隔着窗户向外张望，他们嘟囔着：这是怎么回事？一个小丫头，想铲光一座城市的积雪？嘁，异想天开！大人们的成语就是多！

可是再过一会儿，大人们惊奇得睁圆了眼睛，因为红外套像一束火苗般，迅速地融化了小路上的积雪，小路露出了笔直的面目，从连接小路的两幢房屋里，跑出来两个同样穿着红外套的小姑娘，我们不用说就知道她们是谁。

三个小女孩子，轮流挥舞着一把小铲子，现在我们已经知道了，这不是一把普通的铲子，而是一把——魔铲。很快，她们铲净了街道上的积雪，汽车、自行车、三轮车仿佛从冻僵状态中复苏过来，纷纷向天空鸣笛、按铃。铃声落在雪原上，反弹得更加清脆；汽车的喇叭声呢，被雪亮的车灯送向很远很远的地方。沉寂的世界沸腾了。

一个留着小胡子的男人走出门，直直地奔向倩倩、毛毛和英英。这男人是一家古董店的老板，一位有名气的收藏家，他看出了倩倩手中的小铲子不一般，想买下它然后高价拍卖："魔铲，想想看，说不定是乾隆皇帝御用的呢，否则哪会这么神？"

小胡子微笑着，露出金灿灿的牙齿。他伸出手，向倩倩说："小姑娘，这把小铲子真了不起，能卖给我吗？你开个价。"

倩倩一愣，开价？卖小铲子？什么乱七八糟的。她拨浪鼓般摇头。

小胡子沉下脸："不卖，不卖也成，但你得先借我用用，把我家门前的雪铲干净。"他的目光锋利，像一把刀，闪着雪地般的光泽。

倩倩打了一个寒噤，委屈地递过小铲子，轻声说："叔叔，您先拿去用好了，用完还给我，我们还想用它到广场堆雪人呢！"

小胡子一把夺过小铲子，感到小铲子轻飘飘的，一点也不称手；木柄还粗糙得像玉米芯，握上去毛扎扎的直拉手。他有几分气恼地拎着小铲子回到自己家门前，刚一铲雪，小铲子就像安了弹簧般反跳起来，一铲雪结结实实地拍在小胡子的脸上。他打了一个冷战，觉得清醒了许多。看一眼手中不起眼的小铲子，再看看跟在不远处的怯怯的三个小姑娘，感到自己十分荒诞可笑："怎么就相信起这把破铲子了呢?!"小胡子一扬手，把小铲子远远扔给倩倩，关上门又去蒙头睡大觉了。

倩倩捡起小铲子，小铲子轻声说："我没摔痛，没事，我就讨厌这种自私自利的坏蛋。"

倩倩和毛毛、英英像快乐的麻雀般跑向广场，她们要堆一个全世界最大最美丽的雪人。

小铲子神奇极了，像被一位神话中的巨灵神挥舞着，很快清理出乒乓球桌那样大的一块地方。眨眼间，乒乓球桌变成了大教室，大教室变成了篮球场，篮球场又变成足球场，广场上的积雪，听从小铲子的指挥，排着队一层层堆起来，堆成三个又大又胖又神气的雪人。它们三个手牵手，像三位洁白的巨人，屹立在清清爽爽的广场。

也许是铲雪铲得太认真的缘故，倩倩、毛毛和英英没注意，她们的身后，不知不觉竟站了许许多多的人。人群中有她们的爸爸妈妈，还有调皮的男孩子、慈祥的老爷爷老奶奶、戴花头巾的阿姨、戴大檐帽的交通警察叔叔，这么多的人仿佛站成了一堵暖烘烘的人墙。当倩倩的小铲子停止铲雪的一刹那，掌声雷鸣般响起。交通警察叔叔走到倩倩面前，严肃地立正，敬礼，说道："小朋友们，感谢你们，你们的铲雪行动，使我们的城市这么快就恢复了生机!"

倩倩害羞地低下头，她想大声说出小铲子的秘密，说这是一把神奇的魔铲，多亏有它的帮助，她们才铲净了小路、街道和广场上的积雪的！可是没等她开口说话，一位老爷爷就大声说道："人人自扫门前雪，休管他人瓦上霜。这本来已经是很自私的一句古话，可现在，好些人连门前雪也不愿意扫了，比比孩子们，愧得慌啊！"

人群里响起一阵叹气声。突然，天空又暗下来，一朵又一朵绒球样的雪花，再一次光临。不知谁喊了一声："走吧，扫雪去！"大家齐声应道："对，扫雪去！"

一把小铲子，一下子变成了千百把大大小小、方方圆圆的铲子，每一把铲子的木柄上，都有一双热情的手。雪人，也变得越来越胖。它们的身前背后，悄悄地站起了一个又一个雪伙伴，每一个雪人手中，都拿着一把小铲子。

小铲子真是一把魔铲。

倩倩高兴地看到，一个雪人唇边留着一抹黝黑的小胡子，她无声地笑了。

雪，清洁的、冰凉的、轻飘飘又沉甸甸的雪，洗净了一座城市，也洗净了这座城市居民的心灵。

雪，下得更猛了。

瑞雪兆丰年。倩倩还不太懂这句话，但她明白：小铲子永远不会离开自己了。

戴墨镜的猫

波斯猫白白是个漂亮的猫姑娘，她的眼睛十分特别，一只是蓝色的，像蓝色的大海；一只是黄色的，像金色的蜜橘。有这么一对眼睛，白白骄傲得像公主。

一天，白白到街上散步。她东张西望，好像对世界上一切事物都感兴趣，其实，她最感兴趣的是自己的眼睛。因为懂礼貌的猫姑娘知道，当自己注视别人的时候，别人一定也会注意自己，大家就会看到她与众不同的眼睛。果然，白白从所有的目光中读到了惊讶！

松鼠婶婶领着小松鼠从街上走过，当她望见波斯猫两只不同颜色的眼睛时，惊奇得转动着自己的小黑眼珠儿。小松鼠呢，索性大声叫出来："真好玩，真好玩，眼睛黄又蓝，大家快来看哪！"

他把白白当成怪物了。

波斯猫感到有些扫兴。这时又踱过来一只猴子。看到白白的两只眼睛，猴子瞪圆了自己黄褐色的眼珠，一眨也不眨，随后又使劲地转着。他根本不相信会有波斯猫这样的眼睛，可眼前又是活生生的现实！猴子准备回到家好好查一下生物学辞典，要弄清楚两只颜色不同的眼睛的功能。因此，猴子匆匆离去，古怪得让白白莫名其妙。

顶有趣的是兔子阿姨，她本来以为自己红宝石一样的眼睛最好看，结果一见到对面走来的波斯猫，气得三瓣嘴合不拢，"呸"一声，吐了一口痰，差点没吐在白白的皮鞋上。兔子被卫生监督员百灵鸟罚了款，她恨恨地走了，闹得波斯猫心里挺不是滋味儿。

想不到两只美丽的眼睛惹这么多麻烦，白白有些后悔自己的行为。她正要回家，迎面走来一只小羊。小羊静静地望着波斯猫，望得她有些心慌。过了一会儿，小羊轻声说："你难受吗？我想你一定不舒服。"

"为什么你会这样认为呢？"波斯猫觉得小羊的问题太奇怪

了，就反问道。

“你的蓝眼睛和黄眼睛，看东西时会弄乱颜色的呀!”小羊认真地回答。

波斯猫白白第一次感到难为情，她引为自豪的眼睛，竟招来这么多惊讶，这么多忌妒，甚至还有怜悯，这可是她出来散步之前没有料到的。

白白从此不再昂首阔步了，她有时候也上街散步，不过人们再也看不到她的眼睛了，因为她戴上了一副墨镜。如果有谁见到一位戴墨镜的猫姑娘在街头转悠，没错，那准是我们的白白。

麦田阳光

散文

SANWEN

绿莹莹的宝石

我家的波斯猫白白成了五只小猫崽的母亲。

波斯猫很名贵，尤其是“金银眼”的猫，眼睛照例是一蓝一黄，晚上灯光一映照，还会变换成红色。我家的五只小猫里，除了一只继承了父亲的蓝眼睛外，其余四只全是一蓝一黄，用北京话说是“镇”了。

小猫们长到一个多月，渐渐被虔诚而专注的求猫友人一一索走，远的到天津，近的则在院内。这种情景颇令人感伤。但你毫无办法，总不能把五只猫全放在斗室里，让人没有立足之地吧！

后来我求学北大，住校期间妻子把最后一只猫也送了人。于是养了一年波斯猫，只留下悠悠的回忆。

去年七月搬了家，房子由一间增到三间，宽敞了许多，可是少了波斯猫，心头颇有几分惆怅。我的女儿似乎比我更感伤，有事没事总是念叨猫。

忽有一天她神秘地告诉我，说楼梯间的大纸箱里有一只猫。“眼睛是绿色的，叫的声音很大，很吓人。”女儿怕我不相信，拉着我的手到楼梯间去看。

果然不假！真的有一只又脏又瘦的猫，蜷在大纸箱里的破棉絮上，“喵喵”地叫着，不知是威胁还是乞求。

纸箱子是邻居买电冰箱时的包装物，很大很高，也很脏。猫卧在顶里面的角落里，手电筒一照，眼睛绿莹莹的，充满神奇的野性。我试着想捉住它，但刚把手探进猫洞，便被一阵更剧烈的咆哮吓住了。

我悻悻地回到家。妻子拿出几片火腿肠，女儿抢着扔进猫的领地。猫大概饿坏了，“呜呜”叫着，从喉咙里泄出感激和贪婪，不一会儿就把食物吃个精光。

自此以后，我的女儿成为这只猫的饲养员，她不间断地把她认为可口的食品一股脑地献给猫，想贿赂这只有着绿莹莹眼睛的野猫。

不光是火腿肠，还有她的鱼片、巧克力，有时甚至是玉米花。猫很挑剔，也很傲慢，该吃的不客气，不该吃的一律不睬。这让女儿感到很委屈。

有一段时间看野猫成了小孩子们极重要的节目。他们关心这只无主的猫，用自己力所能及的支持，也用小孩子真诚的同情心。野猫住在自己的纸堡里，享受着各种各样的贡品，用忽而愤怒忽而温和的叫声，表达着一只野猫的感情。

绿眼睛的野猫一点也谈不上漂亮，更不名贵。由于被人遗弃，它在小孩子中间找到了感情的寄托，从这个意义上说，这只猫够幸运的。

春天到来时，有一天，这只猫不见了。我想它一定是为春所诱惑，寻找它的爱情去了。它来时是悄悄的，走时也是悄悄的，这一点很让我的女儿及小朋友们不快活，觉得这只绿眼睛的猫不懂礼貌，告别时连招呼都不打一声。

我们家住在十三层，猫呢，一直在十二层的楼梯间栖身。能找到这么一处地点还真不容易，避风，安全。从这一点来判断，这猫还很聪明。

也许到了冬日里猫还会回来的。只不过最近物业清理了楼梯里的杂物，它的纸堡也不复存在了，我担心它会找不到自己的窝。但其实我的担心是多余的，只要有小孩子，无主的野猫便有了一群热心照料它的主人，尤其在高楼里，在独生子女中间。

抽陀螺

陀螺也许算不上一种体育项目，至少在奥运会上没被列入竞赛项目。

可奥运会没列入不等于泯灭了陀螺的价值，这是每一个孩子都认同的真理。

抽陀螺始于何时？不可考。抽陀螺的快乐与悠然，却沉淀在记忆里，等闲抹不去。

在我的故乡，陀螺叫“冰尜儿”，不知是否是满语，因为东北方言中满语比比皆是，额头称“夜勒盖”，膝盖叫“波楞盖”，狼叫“赖歹”，叫多了，满语变成俗话，“冰尜儿”很可能是这种衍变后的称谓。

不过我却相信另一种汉民族的解释：尜者，小也。“冰尜儿”——冰上的小家伙。很亲切不是！

冰尜儿的抽打，自然在冰天雪地，最好的场所是冰上。此外，上乘的冰尜儿要嵌一粒滚珠在尖部，转起来能增加许多妩媚。顶不济的，也要钉一根铁钉，这与掌鞋的道理相近，图一个经久耐用。

抽冰尜儿的孩子，喜欢让旋转的冰尜儿对撞，借此宣泄男子汉的凶猛。常常见到这样的场面：两个冻出了清鼻涕的半大小子，挥动鞭杆使劲抽打着自己的陀螺，让它们旋转着身躯恶狠狠地撞向对方的陀螺，刚一接触，双方便被物理作用所左右，各自闪向一边，于是再战——直到一方被撞翻为止！

赛陀螺是玩陀螺者的一个重要内容，甚至如斗蟋蟀一样，胜负成为终极目的。赛陀螺的战事，常常与拳击相似，体重者占上风，因此，小陀螺的主人们一般不到院子外去转悠，况且小陀螺有个更难听的绰号：角锥。盖讥其小且细也。抽打“角锥”者，大多是开裆裤党人，他们的兴趣，在于鞭子本身，陀螺的质量往往不予注意。

我是从“角锥阶层”成长起来的。可是从小好斗，不愿自己的角锥像金兵见到岳家军、官兵碰到梁山好汉，一斗即溃，于是四下里寻找木头，为削制一枚得心应手的冰尜儿，就差没把椅子腿锯下来“废物利用”了。但我毕竟技艺平平，制造冰尜儿的工具我没有，腕力也不足，因此，我永远处于一种消沉的状态，如果不是叔叔拯救我于这种消沉的话，也许我会抑郁终生的。

叔叔赠我的陀螺，是请木工在旋床上旋出的，圆且光滑，从质感到外形都像一枚鸭蛋！结果它刚一出道，就被嘲笑了一顿。因为它平庸、圆滑、一团和气，根本没有挑战者的锋芒。

然而一旦战斗起来，我的圆陀螺就显示出了良好的身体素质，它上下左右均能找到支撑点，像一名武林高手般腾挪自如，任你多大的陀螺撞来，就是撞不翻它！在这样顽强的对手面前，一个个不可一世的对手愧然败北。我体验到了胜利者的辉煌。

这辉煌虽微小如尘埃，久远若淡烟，但对于一个好胜的孩子来说，其意义与“马家军”的长跑女将们破世界纪录相当。至少我现在仍然这样认定！

打弹子

有段时间，北京新建了许多新鲜高雅的运动场所，让大街小巷的闲人们多了一些休闲的地方，如高尔夫球场，如大大小小的台球厅。

小时候玩打弹子，几个孩子各揣一口袋玻璃球，在地上画一道线，用五分硬币碾出一个酒盅大小的坑，居然也玩得废寝忘食。当时不知道这打弹子的游戏源于何处，今日见到了高尔夫球，才隐约感到可能与它有些关系。

当然，高尔夫球的活动场所大得多，规则也十分高妙严密，而我们的打弹子无疑简单得多：一道横线是弹子的“起跑线”，两米外的小圆坑是第一阶段竞赛的主要目标。大家择定各自心爱的弹子，分别向圆坑弹去，最先进入坑内的弹子，身份立马变得高贵起来，它可以碰击任何一位同伙，一旦击中，对方便成为你的囊中之物。

由于有了圆坑这个目标，先入者为主，若一击不中，未入坑的弹子可以反击，但须连击三次，才算胜利，这就给入坑未遂的弹子手们出了难题。技法高超的施行“野战”，力求在运动中袭敌，但更多的弹子手和高尔夫球手们一样，视小圆坑为龙门，一旦弹入，皆大欢喜。

打弹子成了每一个北方男孩子的必修功课。我们常常在冬日里，围住一个酒盅大的圆坑注入自己的激情，打得准的孩子，周围的崇拜者是异常众多的。这种近似赌博的儿童游戏，给小城冬日添了许多情韵。那时节，我们每个人的手背都肿得高高的，布满皴裂的口子，沁出鲜红的血珠；而衣袋沉甸甸的，玻璃弹子们互相问讯，发出诱人的“哗哗”声。衣袋越丰满的孩子，手背准越肿，神情也一定骄横无比。

我们弹球时，玻璃弹子在地面滑行，凭拇指扣发食指的弹力推动弹子前进，因此，食指的指甲处每因用力过度而开裂。有人忍受不了这种肉体的苦难，索性拿棉鞋的底部去搓动弹子，这自然失去了准头，是真正的弹子手所不齿的。况且弹子前进，准确度讲究刹那间的手感，脚怎么能代替得了手呢！

然而，一位客人的到来打破了小城弹子手们的规矩。这客人来自大城市沈阳，很温顺乖巧，说一口绵软的沈阳话。他爱打弹子，或者将打弹子视为彼此联络感情的一种途径，所以，跟大家一见如故。只是这位客人采用的是全新的打法：把弹子握在手里，以大拇指为射击动力，居高临下进行轰击，威力巨大非凡。

拇指的力量大于食指，何况弹子又变陆军为空军，凶猛、准确，没几个回合，我们被杀得丢兵卸甲，衣袋里的弹子，也渐渐少了许多。直到这时，我们方才想起小城里打弹子的规则，大伙儿一商量，决定坚持弹子不能离开地面的原则，一律以食指为动力，让拇指休息。

集团凝聚力转换为一种不友好的欺生。沈阳来的弹子高手被迫就范，十分笨拙地把赢到手的弹子又一一输给我们。他不服气，又无可奈何。这样的游戏直到寒假结束为止。

临分手时，我们竟有些恋恋不舍，毕竟是寒风中结下的战斗友谊。但他上车时却恨恨地说："我讨厌你们这儿的打弹子规矩，真的。"他的手背肿得通红，食指裂开一道血口，贴着白色的胶布。

我们分手没几年，我家搬到了北京。与楼里的孩子们进行冬日游戏时，我惊奇地发现：北京打弹子的方式与沈阳的一模一样。

看起来好像是我们错了，但不知是怎么错的。究竟谁制订的规则，至今仍是个谜。

故乡的儿童体育项目，除了上面描写的打弹子以外，尚有警察抓小偷、雪地追踪，这两项无非是一拨又一拨孩子跑来跑去，东躲西藏；或是前面跑后面追，是一种比耐力而又师出有名的赛跑。前者可在任何季节进行，后者则非冬日大雪后不可。踏着厚厚的积雪，穿着笨重的毡靴，一群北方顽童开心地啸叫着，力图用小小的脚尖去踏破厚厚的雪层，这本身就是一幅绝妙的嬉戏图，当然，代价也不小，那就是一个冬天"运动"下来，手和脚都有好几处冻疮。冻疮又肿又痒，当然还很痛。奇怪的是它们都生在手掌边沿、脚掌边沿或各自的小指头部位，脚心永远不生冻疮。

冻得红肿的小手，冻得紫红的脸蛋儿，加上流鼻涕时顺便揩过去的衣袖，硬邦邦又亮晶晶的衣袖，是故乡冬天赠予我们这群小运动员的礼物。

再追忆起来，故乡少儿体育项目中还有游泳。在城北小水渠中的游泳，俗称“扑腾水”，从小桥上一跃而下，让孩子表示自己的胆魄，其实质类似如今流行的“蹦极”。不同的是“蹦极”运动者衣冠齐整，而故乡小桥的跳水者则裸体跳跃，素无顾忌。此项运动我极少参加，因为胆怯加羞怯，但对勇敢者的景仰之情是发自内心的，否则我不会在这里写出来。

冰糖葫芦

中国的确太大了！不说别的，仅这吃物，就分出了五彩纷呈的南北大菜，让你听声品味，看谱流涎，难怪国外时不时掀起一股中国菜的热潮。

冰糖葫芦不是菜，只是一种北方冬日里常见的小零食。每当寒风骤起，肆虐于街头时，它便鲜亮亮地出现了。寻常见到的，是插在金黄的麦秸上，像给冬姑娘头上插了一串艳红的珠花，那么惹人和显眼；然后，卖冰糖葫芦的人甩出一声脆而甜的高腔，让这声响悠悠地钻入你的耳内，撩拨着你的馋虫，于是，转眼间手上便擎了一串亮晶晶的红珠。吃着冰糖葫芦，不仅让你感到酸甜爽口，冰凉沁心，而且好像总多着一些“解馋”之外的意味。

我想，很可能是因为冰糖葫芦是北方的小吃，是冬天里调剂生活、增添色彩的食物，故而吃起来，总让人感到快慰，至少，不同年龄的人都能分享到共同的快乐。孩子能吃出顽皮和天真；姑娘能吃出妩媚和娇嗔；鲁莽的小伙子，能吃出自己的豪放和爽快；迟暮的老年人，通过品尝冰糖葫芦，让自己的行动证实着老当益壮、童心未减。尤其在冰场上，看到那些飞驰的人影、滑动的精灵举着一根冰糖葫芦在奔驰时，你怎么能不跃跃欲试，想冲到冰上去一显身手——冰糖葫芦属于冰，属于冬天，属于北方，这是当然的。

北京的冰糖葫芦品种颇多，以原料区分就有海棠果、黑枣、山药、荸荠和山楂诸种。其中最为普通、最受欢迎的当属山楂蘸的冰糖葫芦，这好像是冰糖葫芦的正宗，真正的欣赏者和爱好者，都对其他品种不屑一顾。也许是色彩的艳丽，也许是味道的可口，也许什么也不是，就因为山楂和冰糖葫芦有缘分，人们才爱吃。总之，我观察过卖冰糖葫芦的，十有八九卖的是山楂冰糖葫芦。你说怪不怪？

我是冰糖葫芦的一名坚定的吃客，打小就爱吃，除开在云南生活过的十年，没尝到这冬天的馈赠外，记忆里几乎是年年不漏。因为，我每逢吃起这种小吃，就被引出一段童年生活中有趣的记忆，冰糖葫芦的酸甜混杂着淡淡的辛酸，每每让人思念遥远的故乡、美好的童年，以及弥足珍贵的友谊……

记得在一年冬天，我们放了寒假，照例是找同学们一起消磨时光。消磨时光的办法很多，可以坐在火炕上听老奶奶讲故事，不知不觉地沉浸到富有民族传统的历史演义中；也可以三五成群，围一张小桌打扑克、下军棋。天气好时，在雪地上滚雪球、打雪仗、堆雪人；或是扫出一块平坦的地面，聚在一起打弹子，这时哪怕手冻得发僵，肿得像个小馒头，也在所不惜——冬天自有冬天的乐趣！

我的一位好朋友却不在家。这位同学由于家境贫寒，兄弟姐妹一大群，许多担子便落在了他这长子肩上。他做什么去了呢？原来到街上卖冰糖葫芦去了。

这委实使我扫兴，而且更扫兴的是他的行为——卖冰糖葫芦。这哪像一个新中国的小学生该做的事呀！我决心找到他，把他拉回到暖和的房子里，共同讨论孙悟空败于杨二郎的原因。

他果然在街头，面前一根绑扎着麦秸的木棍上，插着几十串冰糖葫芦。这木棍斜支在新华书店的橱窗前，被冬日的太阳一照，闪出红亮的色泽。我的好朋友仿佛漫不经心地站着，既不吆喝，也不走动，倒时不时欣赏着橱窗里的摆设。见到我时，他咧嘴笑了，这笑不知是欢迎还是自我解嘲。可我看到寒风中站立的他，适才的想法不仅被吹跑了一半，竟自有些愧怍起来。是的，卖冰糖葫芦有什么不好！自食其力，自谋学费，这倒往往是家境富裕的同学无法达到的境界。

于是，我这本来想干涉的人，倒变成了他的同伙。站在这位同学的旁边，我油然生出一种自豪感，扯开嗓子替他大声吆喝起来："冰糖葫芦！又脆又甜！咬一口甜掉牙咧……"

然而，天冷，出门人少，生意很冷清，摆了一上午的架势，满打满算才卖出去四根冰糖葫芦，显然离销售一空的目标还很遥远。突然，我看到弟弟和一伙儿小朋友来了。这倒是一群合适的顾客。我叫住他们，请吃冰糖葫芦："哥哥请客。"这下子打开了销路，麦秸上的"货"猛然减少，而且弟弟他们的快乐，感染了行人，许多本来不想吃的，也动了馋虫，不由得也凑过来买上一根。于是，转眼间，只剩下了三根冰糖葫芦插在麦秸上，像三个快乐的惊叹号！

我把弟弟和小朋友们吃的冰糖葫芦钱交给这位同学时，他收下了；我把最后三支的钱交给他时，他却不收，并且有些嗔怒了，这倒使我惶惑起来。是啊，生活中的事就是这样，在一根冰糖葫芦上，不也可以体现出友谊和情感吗？他是把三根冰糖葫芦作为对友谊的酬答的，尽管这酬答极其轻微，但对于一个孩子来说，却是弥足珍贵的。

从此，我和冰糖葫芦结下了不解之缘。

竹蜻蜓

据说玩具不仅仅属于孩子。这个“据说”出自多年前《参考消息》上一篇文章，作者介绍美国纽约玩具业的情况，专门撰文称赞一家名叫许瓦滋的百年玩具店。就是这家百年老店的迎顾客处，赫然写有一条大字标语：“欢迎九十岁以下的孩子们。”

我当年三十七岁，离九十岁差不多还有三分之二的旅途。因此我觉得自己还有资格来谈谈玩具。

现在的玩具真贵！这是我想说的第一感觉。当然贵有贵的理由：变形金刚汽车人是进口货，外汇换来的，几十、几百元一个，你爱买不买；电动狗、救火车、发光电子冲锋枪沾了电子的光，几十元、十几元一个，你不买也得买。此外还有小火车、过山车、磁力车，这车那车，美观、时髦、昂贵，可就是不结实。

我知道玩具能启迪智慧，玩具代表一个国家的轻工业水平，玩具是孩子的良师益友，玩具能带给它的小主人一个幻想奇丽的童话王国。玩具的魅力可能不仅仅是这些，对我来说，还意味着记忆，象征着自信，不过我指的不是上面那些缠着爸爸或妈妈强行购买的玩具，而是自己制作的玩具。这些玩具当然粗糙简陋，比如竹蜻蜓，但给予你的快乐一点也不逊于变形金刚。

竹蜻蜓很简单，一根小小的木棍儿，一条薄薄的木片。工具是一把小刀，锋利与不锋利都无所谓，关键是有刀尖。

刀尖用来在小木片上钻洞，小木片要削成匀净的螺旋桨形。也就是说事先要用尺子画线，在中间留下钻洞的点。随后你要小心翼翼地切削木片，先斜着向左削，削出斜且平滑的一面；再斜着往右削，几刀过后木片就呈现出一种扭曲的螺旋状，安上木棍，竹蜻蜓就活了。

记得制成竹蜻蜓的时间是一个星期天的早晨，我捧着它走出家门，像捧着一件伟大的工艺品。我在屋后的空地上，迎着红灿灿、笑眯眯的北方原野上的大太阳，使劲一搓小木棍，竹蜻蜓便奇迹般地飞了起来。它一下子飞得很高，高过了屋脊，超过了树梢，仿佛被神奇的手拽向天空。仰头望着竹蜻蜓的英姿，我感到一阵涌自心底的狂喜。

竹蜻蜓的生命出自我，一个三年级小学生之手，还有什么事情比它更让人激动呢！我想欢叫，想让所有的小朋友们知道我的成功；我更想不动声色，保持一个发明家的风度。我东想西想，可惜星期天的清晨，人们都在高卧，没有一个人来分享我的快乐。

小鸟和燕子们倒直为我捧场，竹蜻蜓使它们惊奇不止。这旋转的家伙似乎带几分野气和固执，于是鸟儿们叽叽喳喳聚在电线杆上，讨论起一个小男孩和他的不明飞行物。

我的兴奋保持的时间很短，因为竹蜻蜓飞行了三次之后，小木棍便松了，到第四次时，我使劲一搓，竹蜻蜓悠悠地飞上高空，很快甩下了一条尾巴，斜斜落下来；翅膀却仍然向上旋去，同时由于甩掉了唯一的负担——小木棍，借一阵清风直上九重霄，很快隐入树梢的绿荫里，竟就此失踪，再不肯落到大地上。

我拾起小木棍，痴立半晌，不知该怎样应付这场意外飞行事故。我试图四处找寻那竹蜻蜓的不安分的木翅，但它像服了隐身药一样不肯露面。于是恼恼的，我回到家里，企图再一次制作竹蜻蜓。

不知怎么回事，竹蜻蜓的灵气一去不返了，小刀子鬼使神差，往我的指头上戳了一下，血便不客气地冒出来。见到殷红的血，爸爸妈妈像听到警报一样过来救援，手指自然是包扎得很出色，血也停止了流淌。然而竹蜻蜓，梦中的竹蜻蜓，也就此辞我而去。

小时候我自以为很聪明，这依据是那只高飞远遁的竹蜻蜓；小时候我也极笨拙，这理由也是那只不辞而别的竹蜻蜓。

竹蜻蜓很容易制作，假如你不怕刀子戳破手指的话。但要记住我的教训，插小木棍的孔不能太松，用胶粘一下最棒。

拥有一只自己制作的玩具，哪怕是顶原始、顶不起眼的竹蜻蜓，你也会感受到莫名的喜悦。试一试，你准能成功。

踢毽子

踢毽子是一种极古老的体育运动，尤其盛行于北方。

有一年我到保定开会，清早起来逛街，见三个白胡子老人在踢毽子。三个人的脚法出神入化，任一只鸡毛毽子上下翻飞，硬是落不到地下。脚尖儿、脚背、脚后跟儿，全是踢毽子的最佳部位，让人忍不住喝一声彩！为他们的技艺，也为他们的老当益壮。

把踢毽升华到一种审美的境界，在我是首次见到。

在我的故乡，踢毽的专利属于儿童，成年人一般不涉此道。由于故乡盛产羊毛，所以，毽子的“软组织”一般用羊毛，山羊胡子更佳。制毽子的工艺极简单：找三枚铜钱儿，将羊毛塞满钱眼儿，然后觅根竹筷，截取一节，削尖，重重地楔入羊毛中。砸实了，把凸起的部分贴向烧得通红的炉壁，“吱”一声，竹木羊毛一齐熨平，留一只平刮刮新崭崭的好毽在掌中。

这道工序之后，先别急着踢，把毽子毛朝下压放在几块砖下，一夜过后定型：毽子毛如羽毛球般扎煞着，匀净、白亮，透着一股让你脚尖痒痒的脆劲儿。

这时找个背风的屋角，约上两个伙伴，尽管去大踢特踢好了。只要你不怕踢断大腿根儿，没人管。

如果嫌白羊毛毽子不耐脏，就找点红墨水染一染，踢起来红火苗般一闪一闪，盖世无双。

踢毽讲究空踢、单踢、双踢和跳踢，此外还有一种用脚尖直踢的姿势，俗称“奔儿楼”，像足球队员用脚尖颠球，难度很大。

踢毽的黄金季节在冬天。因为脚上有棉鞋或毡靴，踢起来脚不疼。唯一不便的是穿着棉袄棉裤，碍事。每逢这时节，我们大多会甩掉棉袄，提着摇摇欲坠的棉裤，吸溜着清鼻涕，踢着毽子“一五一十”地清点着自己的积累，直到累倒为止。

我的最高纪录是二百八十下。

故乡踢毽，单兵作战为多，极少对踢，判定胜负的唯一方式是计数，当然也会为了扰乱对方而挑剔人家的姿势。譬如我的一位伙伴，踢毽时左手若挎一篮子，别扭至极，因此，尽管有时他占了先，你只要略一模仿，他马上气哼哼地走掉。另一位伙伴爱抹鼻涕，用衣袖抹，一场毽子比赛下来，他的衣袖成为水袖。这些下意识动作，现在看来是心理紧张造成的。儿时好胜心强，把胜负看得比山重，自己计数时恨不得是乘法，数别人的数时又希望是减法，或出怪声，或做怪相，目的都是给对方制造失误的机会，以扩大自己的战果。

但儿童游戏的快乐，又何尝不是在这斤斤计较之中?!

北京的娃娃也踢毽，我的女儿就常常一个人在楼道里踢个不停。她的毽子自然不会自己制，买自街头小摊上，一块铁皮包块布头，再裹几根鸡毛，踢起来轻飘飘的没有准头。我试着踢了一下，纪录仅三十下。

女儿却深表佩服，说爸爸虽然胖，毽却踢得好。我哼了一声，说道:“这才是真正的童子功!”

班主任的故事

若干年前我脱下军装从云南军营回到北京，在家等待分配工作，大约“待业”两个月。这期间我曾认真思考过自己的职业选择，认为最令人着迷的职业是图书馆管理员，守着无边的书海去尽情浏览，简直是神仙过的日子；第二种迷人的职业就是中学的班主任老师，领着一群毛孩子春游秋游游个没完没了，然后，送他们上大学成为国家的栋梁之材，然后我就须发苍然地老去。

促使我产生第一个志愿的原因是精神饥渴。萌发第二志愿的原因要复杂一些，这里面有性格因素，因为我一直很喜欢孩子；还有马卡连柯《教育诗》的影响，他的成功使我入迷；另外，可能就是我少年时的班主任所留下的美好印象了。

我的班主任叫张和，一个矮个子的男子汉。矮个子和男子汉能和谐地统一在张老师的身上，不能不说是他的气质使然。

张老师很严厉，严厉到使我至今难以回忆起他的笑脸；但他无疑是会笑的，可很少当着我们的面。他是个多才多艺的人，能拉一手很不错的手风琴，且有一副嘹亮的男中音嗓音，当他拉琴唱歌时，就是我们这群顽童的快乐节日。

此外，张老师爱好乒乓球，技术在全校第一；打篮球时灵活机敏，身手矫健得像猞猁。这几项特长，足以让每一个男孩子对他敬佩不已。

张老师还会喊操，凡全校集合或列队游行，以及课间十分钟做广播体操，一律由他统领。每逢这时，张老师都充分发挥他男中音的长处，下达的口令清脆有力，富有节奏感和暗示性，当他的喉结一跳一跳喊出令我们心悦诚服的口令时，他的个子陡然变得魁梧高大，让人仰视。

长大后我读《拿破仑传》，才知道矮个子的威风方是真正的威风！因为拿破仑有一则出名的轶事：他向一位元帅下命令，元帅比他高出一头，可拿破仑并不在乎，说如果你不执行命令，我马上缩短咱们俩身材上的距离！他拿手掌比画着元帅的脖梗子。

每读到此处，我都会下意识地联想到我的班主任老师，于是偷偷一乐。只敢偷偷一乐。

其实追忆起来，张老师很少朝我们发脾气，可是我们从内心里惧他三分。如果再细琢磨，可能这种心理积淀源于他对功课抓得紧！

张老师给我们当班主任，是在小学五年级以后，也就是小学高年级。他既教语文，又教算术，有时连体育也捎带上，说来真够辛苦的。张老师教语文，重点是作文练习，其次是中心思想、段落大意的提炼、分析。这两点使我以后受益匪浅。作文练习锻炼了文字技巧和观察事物的能力，后者使我在当评论编辑时悟到概括的重要，这些都是后话。在当时却一度使我烦得不行，能应付时必应付，为此没少被张老师批评。

批评归批评，张老师却一直表扬我的作文，有一次春游归来，命题作文，然后全校比赛，我的作文居然获了第一名，得到了一册作文本的奖品——这是我平生得到的第一次奖励，故不可不记。我相信班主任张老师是为我做了大量工作的，因为他指定一位最有风度、最会朗诵的女同学代我朗诵，使我的作文大为生色，否则，让我自己去读，很可能大败而归。

那次春游只在城郊的一处树林里吃了一顿野餐，在我的故乡科尔沁草原，这实在是再平常不过的一次活动。可是由于张老师让我们写出作文，春游便显得意趣横生，审美成为极重要的程序。我觉得张老师很懂教育心理学。

张老师的确常常拿心理学"镇"我们，每逢班里出了什么事故，比如抄作业之类，他总是板着面孔背着手，先在屋里走一圈，然后扫视一下大家，说道："我是专门研究过心理学的，你们谁抄作业我全知道，不过我相信这些同学的自觉性，下课后来我办公室一趟。"

这一招极灵，下课后准有人乖乖地去向张老师认错，我不知道有谁能有勇气对抗他的"心理学"，反正我当时很怵，觉得既然老师这么高明，咱们顶好还是别闹腾。于是这么一来，我成了张老师的得意弟子，语文成绩总是考在前三名。

算术课似乎枯燥些，张老师对算术课的诀窍是考试。他考得很勤，五天一小考，十天一大考，半个月一次摸底考。考试一般用上半天、三节课的时间，可是如果你基础好、答题快，一般可以抢出一节课的时间到操场游戏。我掌握了老师的窍门，每次都争取第一个交卷，然后兴冲冲地去玩。为此，张老师不止一次批评我“粗枝大叶”，但我总改不了，甚至这毛病延续到今日，回忆起来，真不知是该感谢他还是责怪他。

我的算术至今平平，好在有了电子计算器，一般账目也能应付。但每逢轮到我家收缴房租水电费时，我还是感到小学时算术课上得太毛躁了一点，因为常常出现缺三毛短五分的技术性错误，即便拿着计算器。这是“童子功”没打好，怪谁呢？

张老师教的我们这个小学毕业班，几乎全班同学都考取了中学。刚上中学，我就随父母亲调到了贵州；然后是一连串的迁徙。由于转学频繁，班主任也走马灯地换。细想起来，最亲密的竟只有我的张老师。

他的严厉面具下的温厚，他的对孩子们由衷的关心，他的多才多艺，以及他默默无言的教诲、殷切的期望，这一切都留在我的记忆中，等闲不肯褪去。

尽管我终于没能当上班主任，但我选择了儿童文学作为自己创作的园地，并努力在这块土地上种上几株有特色的花卉，献给我热爱的孩子们。我认为这里面有着班主任张老师的智慧的播种、心血的结晶，所以，我写下这篇短文，献给所有献身于教育事业的园丁们。

真的，当我们须发苍然时，有什么礼物比得上孩子们真诚的追忆更珍贵呢？

我想是没有的。

灯光球场

灯光球场，现在看来是极普通的设备，但若放在若干年前，则显示出了非同一般的效果。它意味着豪华、明亮、喧闹和不夜的欢乐。

故乡小城有一座灯光球场，上悬十多盏大且亮的灯，四周是狂热不安的本地篮球观众，场上则是十位身手不凡高矮各异的球星，他们的光芒仅限于一个小县城的范围。

每到晚上有赛事，我和弟弟就早早吃完饭，一人拎一个空罐头瓶，在裁判员记分牌下一坐，静静地等待着激烈的比赛。

看球为什么带瓶子？这叫醉翁之意不在酒，球迷之意不在球，我们的目标是一种俗称“蝲蝲蛄”（即蝼蛄）的昆虫。

蝲蝲蛄有极短的两只翅膀，飞起来很笨拙，而且有着世界上昆虫家族共有的弱点——喜欢灯光。它们扑灯的热情很高，可是灯却冷静异常，结果蝲蝲蛄们扑空之后就在地面蠕动，充满被欺骗过后的失望，这时你去捉，一擒一个准。

抓蝲蝲蛄干什么？喂鸡。鸡们喜食蝲蝲蛄，一如人类爱吃甲鱼，人吃甲鱼之后不知干出什么坏事，鸡吃蝲蝲蛄却能下蛋，双黄的大鸡蛋！

说到这里，我和弟弟对灯光球场的功利目的便一目了然了。我们不止一次地趁球场休息或比赛懈怠时，冲进场内捕捉那些忘情的小昆虫，尤其弟弟，因为矮小灵活，收获往往比我大。这种惊险的捕捉蝲蝲蛄行动，很像海边顽童捕蟹捉鱼、山里娃娃采摘山果。

终于有一天晚上，出了事故：弟弟在盯准一只大蝲蝲蛄时，只顾盯着它的行动，忘记了球赛的激烈，竟随它闯入了禁区，结果被正在三步上篮的一位小城球星撞翻在地。当时我已转移到一处很清静的门灯下守株待兔。听到场上闹闹嚷嚷，身边又没了弟弟的身影，马上有一种不祥的预感，跑过去一看，果然是鼻子淌血的弟弟，正被裁判员大声斥责着。我过去拉起他，离开了恼人的灯光球场。弟弟这时才想起，他的装满战利品的小罐子，早不知被踢向了何方！

自此之后，灯光球场对我们失去了魅力。奶奶的鸡们开始吃素，改善它们饮食结构的计划，因弟弟的流血事件而告吹。同时，我们狩猎的热情转向其他方面，如捉蟋蟀、逮青蛙、捞嘎鱼等更能体现男子汉性格的活动，蝲蝲蛄就此别过！

故乡有一家小小的发电厂，所供应的电异常微弱，夜间只能有三个小时的光明，一到十一点钟，灯泡先是发红，继而发暗，随后一闪而熄，转入彻底的黑暗，如果你还想做事，赶快点亮蜡烛或马灯。

这等微薄的电力资源，却能支撑起一座偌大的灯光球场，在当时已是十分奢侈了，同时也说明了故乡的人们对篮球运动的如醉如痴。

那狂热劲儿一点也不亚于现今人们的足球热。

何况还有漫天飞舞的蝲蝲蛄们助威助兴呢！

打雪仗

我的故乡科尔沁草原，一到冬季，便转入雪的世界，称之为“雪国”，是毫不夸张的。

故乡的雪，来得早，走得晚，有时刚届深秋，正是草枯鹰眼疾的时节，雪却轻灵地踱来了。那雪花虽非李白夸张的“大如席”，但较关内斯斯文文的雪片们来说，绝对要豪迈得多！一片片如鹅毛、似棉絮，个把钟头光景，地就白了脸。要让它们由着性子落一夜，早晨起来你可就有事干了：或者是房门被雪封住，需跳窗户出去自我解救；或者是一片白茫茫的干净大地，道路陡然消失，需要你和邻居们手拿大铁锹，重新开辟一条通向外部世界的雪径；或者靠北的山墙被大雪一直堆齐屋顶，你的后窗户掩入雪下，有一种神秘的幽静深邃……

大雪仿佛天生是为孩子落的，每逢雪晨，我和一群小伙伴们都要穿着毡靴，在雪地上欢笑奔跑，玩一种名为“雪地追踪”的游戏，这游戏只是顽童间的互相追逐，但踏雪的感觉是那么新鲜诱人，让人无法拒绝它的诱惑。我们在雪地上奔跑，如一群雪兔般，把一串串脚印留在洁白的雪野上，那图案美不胜收。我们好像把童年的记忆、快乐的诗行全写在北方银白色的稿笺上，写在了炊烟袅袅、寒鸦声声的暮霭里，有一种清新、圣洁的生活气息。

当然，大雪给予我们的欢乐不仅是这些，我们堆雪人、滚雪球、打雪仗，这三项雪上运动一般有个固定的程序：先是打雪仗。打雪仗照例是狂热狂喜之下的产物：捧一把白雪，猛地塞向一位同伴的脖颈，这同伴一激灵，马上也用雪粉来回击。三两个回合下来，双方拉开了角逐的距离，用雪粉已够不着了，便捏成雪球互掷。雪球捏得恰到好处，不紧也不松，投过去，若击中脸部，顿时碎开；掷在身上，穿着厚厚的棉衣，雪球吃不住力，完完整整地滚落在地，可拾起再掷……投掷双方都感到疲乏时，宣布停战，随手将最后一枚雪球捏得瓷瓷实实，扔向雪厚处，袖起双手，用脚尖踢着这小球。初雪天生有黏性，小球如磁石吸针般，身躯渐渐丰满。不一会儿，苹果长成西瓜，西瓜变成大冬瓜，如果你脚力充沛，这大冬瓜被你踢着四下里滚动，直到你踢不动为止。此时，你冻僵的双手已暖和过来，开始不厌其烦地将雪球滚过雪地，这时候我相信每一个伙伴都进入了一只蜣螂的境界，视雪球如粪球，勤勉地推球不止。

雪球愈滚愈大，下一步则到了把这雪球安置下来，再如法炮制一枚小一号的雪球，置于这大球的顶部，找来煤球、玉米芯、胡萝卜，装点出雪国美男子的黑眼、白鼻、红唇，它那傻乎乎的模样，衬在白茫茫雪野中，滑稽得让你没法不乐。

因此，我想说的一点是：在北方，没有堆过雪人儿的孩子不应该算快乐的孩子，没有打过雪仗的童年也不应算是美好的童年。